AF139351

K.Plüg

Nicht ohne meine

Götter

Roman

© 2023 Klause Plüg
Herstellung und Verlag: BoD – Books on
Demand, Norderstedt
ISBN: 9783734717475

Inhaltsverzeichnis

Hoffentlich wird es uns allen eines Tages

genau so,

oder wenigstens so ähnlich widerfahren.

Beginnen wir mit Gottfrieds Ende,

seinem irdischen Ende.

Wohin des Weges, alter Mann?

„Selbst, wenn ich meine Augen noch öffnen könnte, würde mich niemand mehr dazu überreden können, nicht für eine Sekunde".

Gottfried hatte sich bereits, unerreichbar für die Außenwelt, hinter seinen schlaffen Augenlidern zurückgezogen.

„Wozu sollte ich mir denn die Mühe machen? Für mich gibt es hier nichts mehr, worauf sich ein lohnender Blick werfen ließe. Schade nur, dass ich meine Ohren nicht auch noch vor dem verschließen kann, was mir die lieben Verwandten mit ihrem Geschwätz anbieten. Sollen sie doch schwatzen und tuscheln, worüber und so viel sie wollen, mich interessiert es schon lange nicht mehr.

Nun haben meine Kinder ihre Kinder mitgebracht und die hatten wiederum ihre Kinder im Schlepptau. Zweifellos ergibt das, alles in allem, eine imposante Herde menschlichen Erbguts, doch sie haben sich im Laufe der Zeit, bis auf wenige Ausnahmen, immer weiter von mir entfernt."

Selbst in diesem Moment schien Gottfried seinem Sarkasmus, der ihm schon oft in seinem Leben, über so manche psychische Krise hinweggeholfen hatte, treu zu bleiben. Jetzt glaubte er sich bereits vor den Toren in eine andere, sorgenfreie Welt zu befinden. Nach Gottfrieds Auffassung ist das eine Welt des absoluten Nichts. Dort gibt es weder Freude noch Hass, oder religiöse Fanatiker, die für die meisten Kriege verantwortlich sind, haben dort einen Platz. Nicht einmal Missgunst und falsche Trauer sind dort anzutreffen.

So wünschte Gottfried sich sein zukünftiges Dasein, besser gesagt sein Wegsein. Dort benötigte er keinen seiner fünf Sinne mehr, denn sie hätten sofort ihren Sinn verfehlt.

»Meine heuchlerische Verwandtschaft werde ich ebenso vermissen, wie Nachtfrost oder Mückenstiche. Wie lange schon, hatten sich meine, ebenso wie deren Kinder, nicht mehr bei mir sehen lassen? Meine Geschwister kennen ihr Smartphone besser als mich. Was soll ich mit denen anfangen? Was wollen die hier bei mir? Jetzt werde ich zur Abwechslung einmal nur an mich denken und mich wortlos verabschieden. Den Kleinen möchte ich am liebsten noch einmal mit der Hand über den Kopf streichen, aber sie würden wohl eher entsetzt vor mir zurückschrecken, als mir freudig um den Hals zu fallen. Da ich jedoch keinen Finger mehr krümmen kann, bleibt ihnen wenigstens dieser Schock erspart und ich muss wieder einmal auf die Nähe der Kinder verzichten, nach der ich mich schon so lange sehnte. Auch diese kleinen Perlen unter meinen Nachkommen werden sicher ihren Weg gehen. Wenn sie sich eines fernen Tages in derselben Situation wiederfinden, in der ich heute bin, blicken sie hoffentlich auf ein schönes, erfülltes Leben zurück und haben dennoch so wenig Angst vor ihrer Zukunft, wie ich heute, während meiner letzten Atemzüge.«

Das Dämmerlicht in seinem Schlafzimmer verursachte eine ausgesprochen trübe Stimmung. Doch die, um sein Bett versammelte Trauergemeinde war dafür nicht verantwortlich. Im Glauben, der ohnehin schon miesen Atmosphäre einen Dienst zu erweisen, hatte Gottfrieds älteste Tochter die schweren Vorhänge bedächtig zugezogen. Jedoch war keiner von ihnen bereit, sich in die dunkle Tiefe seelischer Pein fallen zu lassen. Aber Gottfried war ohnehin der Letzte, der von dieser Umgebung noch etwas wissen wollte. Er hoffte nur noch, sich endlich, mit aller Würde, die ein Sterbender aufzubringen vermag, aus seinem vermeintlich endlosen Leben verabschieden zu können. Denn seit zu vielen schmerzlichen Jahren plätscherte es nur noch sinnlos dahin.

Vermutlich war er in diesem, von Missmut geprägten Zimmer, nicht einmal der Einzige, der bereits seit einiger Zeit auf die Erlösung des ältesten ihrer weitläufigen Sippschaft wartete.

„Früher haben wir gemeinsam auf den Weihnachtsmann oder die Geburt eines neuen Familienmitglieds gewartet. Heute ist vielleicht wieder nur ein gemeinsamer Tag, ein Tag, an dem sich niemand traut sein Smartphone aus der Tasche zu ziehen, zumindest so lange der Alte noch atmet. Ich will nicht zu streng über sie urteilen", dachte Gottfried, „aber ich denke, dass ich sie schon richtig einordne. Ich will aber auch nicht vergessen, dass sie alle für ihre kleinen Familien kämpfen müssen. Dass sie dennoch gekommen sind, um ein letztes Mal bei mir zu sein, gibt mir ein wenig Stolz mit auf den Weg. Es nimmt diesem freudlosen Schauspiel etwas von seiner Bitternis und macht es viel erträglicher".

Mittlerweile schien Gottfrieds Körper nur noch aus einem Behälter runzliger Haut zu bestehen, der die Sehnen, Knochen und ausgedienten Organe, gerade noch notdürftig zusammenhält.

Obwohl alte Menschen bekanntermaßen ein wenig zusammenschrumpfen, reichte dieses Bündel deprimierenden Lebens, auch nach dreiundneunzig Jahren noch, vom Kopfkissen bis zum Fußende seines recht großen Bettes. Es gab einen einfachen Grund dafür, warum sich dieser riesenhafte und einst ansehnliche Mann, nicht so sehr an sein Leben klammert, wie die meisten anderen Menschen, die sich auf ihre letzte Reise begeben. Auch Gottfried hatte natürlich viele schöne Stunden erlebt; leider wurden es immer weniger, bis er an dem Punkt angekommen war, ab dem es nur wieder besser werden konnte.

Dennoch bleibt ein ungutes Gefühl vor dem Abschied aus einer vertrauten Welt, wenn man keine Ahnung hat, wie die neue wirklich aussieht.

„Niemand ist glaubhaft aus dem Jenseits zurückgekehrt. Deshalb wird es immer die vollkommen unbekannte Welt bleiben, bis ich meine eigene Erfahrung gemacht habe. Da ich nicht der Erste sein werde, der aus dem Jenseits zurückkommt, bleibt es hier auf Erden weiterhin die große unbekannte Welt".

Seine zunehmende Hilflosigkeit, die ihm, gemeinsam mit den Schmerzen, keine Ruhe gönnte, war hilfreich dabei, die Angst vor dem Unbekannten abzulegen.

Keiner der in Trauer Anwesenden, kam auf die hilfreiche Idee, ihn behutsam auf die Seite zu drehen, damit sich sein Rücken von den Druckstellen hätte erholen können. Aber wie sollten sie von seinem quälenden Übel erfahren, wenn er schon seit Stunden kein Wort mehr mit ihnen gesprochen hatte?

„Schickt eure Kinder nach Hause", dachte er, denn er sorgte sich um ihr Seelenheil, „hier gibt es nichts Erfreuliches zu sehen, bringt die Kleinen weg von diesem unerquicklichen Trauerspiel. Sie werden noch früh genug auf das betrübliche Ende stoßen, ein Ende, das untrennbar mit jedem Leben verbunden ist.

„Ein kleiner Junge, den Gottfried als Dennis in Erinnerung hatte, begann zu quengeln; ein nur wenig älteres Mädchen, dessen Zugehörigkeit er beim besten Willen nicht mehr genau einordnen konnte, flehte schon verzweifelt seine Mutter an: ‚Mama, wann gehen wir endlich nach Hause?'

Er verurteilte natürlich nicht die Kinder für ihr Verhalten, schließlich ist es eine logische Folge des unüberlegten Handelns ihrer Eltern.

„Außerdem ist es ein weiteres Zeichen dafür, dass ich auf dieser Welt nichts mehr verloren habe."

Gottfried hatte absolut kein Verständnis dafür, dass Erwachsene so gleichgültig mit den kleinen, empfindlichen Kinderseelen umgingen.

Um all den Mist nicht mehr ertragen zu müssen, benötigte er die wohltätige Erlösung; sich bis in alle Ewigkeit im unendlichen Nichts zu verlieren. Worte wie Liebe und Genuss; Lachen und Scherzen; Glück und Zufriedenheit; Schmerz, Bedürftigkeit und Trauer, Begriffe, die alle zusammengenommen das Leben ausmachen, wären dort nichts als leere Worthülsen. Die wenigen, wirklich glücklichen Momente in seinem langen Leben, waren zwar nicht komplett aus seiner Erinnerung verschwunden, entbehrten aber nicht die Kraft, die er gebraucht hätte, um den Wunsch, aus seinem Leben zu scheiden, zu dementieren. Jetzt blieb ihm nur noch der Trost, dass seine Hoffnung, auf die er schon lange baute, endlich zur festen Gewissheit werden würde: Wenn sich ein Mensch nur lange genug gequält hat, wird ihm, gewissermaßen als Wiedergutmachung für sein beschwerliches Leben, nicht nur die Angst vor dem Tod genommen, er wird zu guter Letzt sogar sehnlichst darauf warten.

Wie schon so oft in seinem Leben, fand er auch jetzt Trost in der Vorstellung, dass sich Menschen, die mit ihrem unermesslichen Reichtum im Luxus baden, verzweifelt an ihr irdisches Leben klammern. Denn sie sind diejenigen, die allen Grund haben, das Ende ihres wunderbaren Daseins, so lange wie möglich hinauszuzögern. Sie möchten es weiterhin in vollen Zügen genießen.

Doch auch die Geldsäcke dieser Welt müssen letztlich ihre von der Natur gesetzten Grenzen akzeptieren. Ob sie nun wollen oder nicht.

17

Anders, als so ein armer Wicht wie Gottfried, der es wahrlich schwer genug im Leben hatte. Da ist es doch nur fair, wenn ihm wenigstens der Abschied von seinem beschwerlichen Leben leichter gemacht wird, als den reichen Pfeffersäcken, die sich ihr Leben lang, im oft ergaunerten Geld wälzten. Die, die sich ohnehin schon am Überfluss berauschen, können sich auch noch die besten Ärzte leisten, von denen sie dann, mit allen möglichen medizinischen Künsten, solange am Leben gehalten werden, bis absolut nichts mehr geht.

Klammheimlich wünschte Gottfried ihnen, dass sie wenigstens im Angesicht des Todes, mit Angst für ihr ausschweifendes Leben bezahlen müssen. Dann würden auch sie begreifen, dass ihnen ihr Reichtum nicht mehr helfen kann. Aus diesem Grund, wird es den Vermögenden ungleich schwerer fallen, wenn sie zum Schluss aus ihrem selbsterschaffenen Paradies vertrieben werden. Sie wissen ebenso wenig, wie alle anderen Menschen, was im sogenannten Jenseits auf sie wartet.

Kein Mensch, egal ob er einer Religion angehört oder nicht, kann wirklich wissen, ob es nicht doch so etwas wie Himmel und Hölle gibt.

Viele Geldfürsten werden begründete Angst vor einer himmlischen Gerechtigkeit haben. Sie lassen sich viel zu spät durch den Kopf gehen, mit welcher Verschlagenheit sie oftmals zu ihrem Reichtum gekommen sind.

Habe ich mein Geld redlich verdient oder habe ich andere benachteiligt, vielleicht sogar betrogen?

Was hilft es, in der Stunde des Abschieds auf ein schönes Leben zurückzublicken, wenn der Blick in die Zukunft von furchtbarer Angst und Entsetzen geprägt ist?

Gottfried hingegen, dem es im Leben nur selten wirklich gut ergangen war, begrüßte den bevorstehenden Tod nach all den Jahren des Leidens. Insofern sah er sich endlich, zumindest in der Stunde des Todes, am sehr viel besseren Ende, als die reichen Pfeffersäcke mit ihrer großartigen Vergangenheit.

Wenn mir mein Leben nichts Besseres mehr bieten kann, als die ewigen Kümmernisse, dann möchte ich meinen Mitmenschen nicht länger zur Last fallen, indem ich mich unnötig daran festhalte."

Die Trauergemeinde hatte es tatsächlich geschafft, auch die kleinen Kinder zur Ruhe anzuhalten, somit konnte Gottfried ungestört seinen Gedanken nachgehen.

„Was denken die jungen Leute, wer wir Alten sind? Halten sie uns für eine andere Spezies? Sie sind jung, fit und an manchen Tagen machen sie sogar einen aufgeweckten Eindruck. Da könnten sie eigentlich auf die Idee kommen, dass wir Alten nichts anderes als ihre Zukunft sind. Besser nicht, sonst hätten sie vielleicht keinen fröhlichen Moment mehr in ihrem Leben. Schließlich habe ich auch nicht daran gedacht, dass ich hier eines Tages mit derartigen Gebrechen liege und nicht weiß, wo es hingeht.

Einige der lieben Verwandten werden eine Weile trauern, andere sind froh, wenn sie endlich wieder verschwinden können.

Selbst Ruth wird sich gewiss nicht lange grämen; dafür war unsere Ehe zu oberflächlich; im Grunde war sie doch nur von wirtschaftlichem Interesse geprägt.

Seiner zweiten Frau, die immerhin neunzehn Jahre jünger ist als Gottfried, wird er mit seinem Ableben vermutlich sogar entgegenkommen. Denn er konnte sich beileibe nicht vorstellen, sie mit seinem Tod in tiefe Trauer zu stürzen. Wenigstens hatte sie sich nicht nehmen lassen, ihm bis zum letzten Herzschlag beizustehen und so lange an seiner Seite durchzuhalten, bis es endgültig vorbei sein wird.

„Es ist möglich, dass sie meinen Kindern einfach zeigen will, welch gute Frau sie ihrem Vater, Groß- und Urgroßvater gewesen ist. Dazu hätte es allerdings etwas mehr bedurft, als nur am Totenbett zu sitzen und zur Beerdigung zu gehen".

Fünf Jahre nach dem Tod seiner geliebten Hilde hatte er Ruth auf der Feier zu seinem sechsundsechzigsten Geburtstag kennengelernt. Sie war damals mit Bekannten, an die er sich beim besten Willen nicht mehr erinnerte, zur Feier erschienen. Alles, woran er sich noch heute zu erinnern glaubte, ist, dass sie Ruth schon in der Absicht mitbrachten, sie mit ihm zu verkuppeln. Als er bemerkte, dass die noch recht junge und überaus attraktive Frau, nicht abgeneigt war, sich auf ein intimes Verhältnis mit ihm einzulassen, wollte er sie um keinen Preis wieder ziehen lassen. Schon nach wenigen Monaten hatte sie ihm alle Zweifel ausgetrieben und eine schnelle Heirat schmackhaft gemacht.

In dieser neuen Verbindung blühte er auf und fand zurück zu einem glücklichen Dasein, an das er schon lange nicht mehr geglaubt hatte.

Doch dann trübten, ausgerechnet seine Kinder das neue Glück. Und zwar auf sehr empfindliche Weise. Sie wussten nicht, wie sie ihm ihre Bedenken möglichst schonend beibringen sollten. Natürlich trauten sie sich nicht zu sagen: „Papa, meinst du nicht auch, dass sie zu schön und zu jung für dich ist. Du bist dagegen eine graue Maus, die sich mit einem strahlenden Juwel schmücken möchte."

Stattdessen versuchten sie nur auf den Altersunterschied und die ungewöhnlich kurze Bekanntschaft anzuspielen.

„Kinder, ich bin nicht von gestern", sagte er daraufhin und ignorierte die Einwände seiner Kinder.

„Nein, Papa, du bist von vorgestern", sagte die jüngste dann lachend, und das Thema war damit erst einmal wieder vom Tisch. Doch schon kurz nach der Hochzeit fiel er aus allen Wolken, denn ihm wurde schnell bewusst, dass ihn seine Kinder nicht zu Unrecht vor ihr gewarnt hatten.

Als er sie kennenlernte, war er, wie es bei solchen Gelegenheiten seine Art war, ein wenig zu großzügig gewesen. Und zu seinem Unglück war sie genau die Art Frau, die nach einem wohlhabenden Mann Ausschau hielt. Bis er sie kennenlernte, lebte er in einer recht bescheidenen Lebensweise, weshalb es ihm ja, rein materiell betrachtet, auch wirklich nicht schlecht ging. Aber deshalb konnte man seine mühsam zusammengekratzte Rücklage doch nicht als Reichtum bezeichnen.

Nachdem sie ihre Fehleinschätzung erkannt hatte, zog sie sich in sich selbst zurück, ohne dass ihr bewusst wurde, wie sehr sie Gottfried damit strafte. Aus der romantischen, lebhaften Gemeinsamkeit wurde nun allerdings eine eher platonische Verbindung, in der weder Leidenschaft noch Streit einen bedeutenden Platz einnahmen. Da sie Gottfried aber inzwischen schon einen großen Teil ihres Lebens geopfert hatte, wollte sie die letzten Tage ihrer Ehe jetzt auch noch mit Anstand überstehen. Und für eine Erbschaft, wenn sie auch bescheiden ausfallen dürfte, wollte sie sich noch ein wenig zusammenreißen.

„Ich denke, sie wird mich nicht sonderlich vermissen", dachte Gottfried, „wir hatten doch ohnehin kaum noch etwas gemeinsam."

Seine fahrigen Gedanken wanderten wieder zu seinen ältesten, geliebten Töchtern, Julia und Ines, die er gerade jetzt so schmerzlich vermisste. Sie waren gemeinsam bei einem furchtbaren Unfall ums Leben gekommen.

„Obwohl schon so viel Zeit vergangen war, schmerzte es dennoch fast so furchtbar wie damals."

Trotz des frühen Todes der beiden war Hilde das schlimme Erlebnis nicht erspart geblieben.

„Gottfried, was für Hirngespinste predigt die Kirche von ihrem lieben Gott, der allen anständigen Menschen Gnade erweist?", fragte Hilde mit gebrochener Stimme, als sie sich

von der Beerdigung auf den Rückweg machten.

„Waren unsere beiden Kleinen nicht die reinen Engel?" Dann brach sie wieder in Tränen aus.

Es war eine schlimme Erinnerung, die seither schwer wie Blei auf seiner Seele lag und ausgerechnet auf den letzten Metern seines bisherigen Lebenswegs, hatte die Belastung an Gewicht noch erheblich zugenommen. Seine Enkelkinder waren ihm schon verhältnismäßig fremd geworden. Aber die Urenkel, die hätte er auf der Straße unter all den anderen Kindern wohl nicht mehr ausfindig machen können, denn sie hatte er kaum noch zu Gesicht bekommen. Für ihn, den Urgroßvater, waren sie praktisch zu fremden Wesen geworden. Umso mehr überraschten sie ihn, als sich jetzt doch einige von ihnen, zu seiner vermutlich letzten Stunde an seinem Bett eingefunden hatten.

„Ich denke, sie werden ihren Eltern aus einem besonderen Anlass eine Freude machen wollen, oder müssen, denn ich habe sie so selten gesehen, dass ich sie nicht auseinanderhalten könnte. Woher sollten die kleinen Würmchen schon wissen, warum sie überhaupt hier sind?

Denken Eltern nicht darüber nach, welche Narben der Anblick eines Sterbenden auf der Seele ihres Kindes hinterlässt?"

Die kurze Ablenkung von dem, was ihm unmittelbar bevorstand, hatte ihn also auch nicht versöhnlicher gestimmt. An dieser Stelle fielen die Gedanken wie ein Kartenhaus in sich zusammen. Doch sie sammelten sich wieder, um dann für ein vermutlich unangenehmes Finale gewappnet zu sein. Gottfried hatte nie zu den Menschen gehört, die an überirdische Wesen glaubten. Stattdessen hielt er den Himmel mit all seinen Engeln, Harfen und Hallelujas, nach wie vor, für eine besonders einträgliche Erfindung der Religionsstifter. Schon nach wenigen Generationen profitierten ihre predigenden Anhänger recht gut davon, denn der Grundstein zur Ausbeutung der Gläubigen war gelegt. Sie mussten nur noch ihre jeweilige Position festigen, das Heer der Schafe vermehren und es sich ansonsten gut gehen lassen. Dennoch hingen seine letzten Gedanken der Hoffnung nach, Hilde, seine erste Frau und große Liebe, vielleicht doch an einem unbekannten Ort da draußen wiederzusehen.

„Wenn ich, statt einfach nur tot zu sein, wider Erwarten doch in so etwas wie Himmel oder Hölle kommen sollte, dann hoffe ich inständig, dort wenigstens wieder mit meiner Hilde vereint zu sein. Damit das eintrifft, müsste ich mir allerdings auf eine Weise verdient haben, tatsächlich in den Himmel zu kommen. Denn, für einen so durch und durch anständigen und aufrechten Menschen wie Hilde, käme die Hölle wohl kaum infrage."

Als er an sie dachte, breitete sich behagliche Wärme in ihm aus, die er mit einem seligen Lächeln quittierte.

„Ich kann mir einfach nicht vorstellen, ihr in ihrer Tugend immer ebenbürtig gewesen zu sein, aber vielleicht hat jemand da oben Erbarmen und reserviert mir wenigstens eine dunkle, regenschwere Gewitterwolke. Die Hauptsache ist doch nur, dass Hilde gleich neben mir auf ihrer sonnendurchfluteten Wolke schwebt, und mir gut gelaunt zuwinkt."

Auf ermüdende dreiundneunzig Jahre hatte er es nun gebracht. Den größten Teil dieses erstaunlich langen Lebens hatte er sich allerdings mit Entbehrungen, Schinderei und Sorgen herumschlagen müssen.

Die verblassende Erinnerung an verhältnismäßig kurze Glücksmomente, in seinem scheinbar immerwährenden Leben, reichte bei Weitem nicht aus, um seinem morschen Leib ein Weiterleben schmackhaft zu machen. Es war einfach zu wenig Erfolg, Gesundheit oder gar Vergnügen, um den Zeiger der Waagschale seiner Erinnerungen, auch nur annähernd, ein noch längeres Leben schmackhaft zu machen. In den letzten Jahren kamen dann auch noch die schwer zu ertragenden Schmerzen hinzu, die ihn immer öfter verzweifeln ließen. Die meisten Menschen, die ihr Leben in Gottesfurcht, mit Gebeten und Ängsten verbrachten, glaubten an ein unvergängliches Dasein im Himmel, oder sie fürchteten, wenn es wider Erwarten doch schlechter für sie ausgehen sollte, eine grässliche Unendlichkeit in der Hölle.

Gottfried wollte keinen weiteren Gedanken mehr an Himmel und Hölle verschwendeten. Stattdessen befasste er sich lieber mit einer ganz anderen Richtung. Wenn er sicher wüsste, er würde schlicht und einfach sterben, aufhören zu existieren, würde ihn das schon ausreichend beruhigen. Er wollte von all dem Elend auf der Welt, nichts mehr hören und sehen, und vor allem nichts mehr fühlen.

Da er in seinem gegenwärtigen Leben nicht das Geringste ausmachen konnte, wofür es sich gelohnt hätte, die lästigen Schmerzen weiterhin zu ertragen, so wollte er doch wenigstens durch den Tod von ihnen erlöst werden. Das wäre in seinen Augen ein wirklich faires Ende.

Nach einem letzten tiefen und ausgesprochen ruhigen Atemzug schien ihm zumindest dieser Wunsch in Erfüllung zu gehen.

Ein neues Glücksgefühl

Um den Zustand der schmerzfreien Leichtigkeit, die ihn plötzlich durchflutete, nicht durch deplatzierte Aktivitäten zu gefährden, behielt Gottfried die Augen erst einmal geschlossen.

Er will dieses Hochgefühl, das ihn so unerwartet überkam, um nichts auf der Welt wieder hergeben, sondern es so lange und intensiv wie möglich auskosten.

Von einem erhebenden Glücksgefühl überschüttet, kehrte unverhofft der Wunsch zu leben, in seinen uralten Körper zurück.

Zuerst wurde sein Gehirn mit neuem Leben erfüllt. Dann begann es heftig zu arbeiten und seinen Körper, ebenso eifrig wie ängstlich, nach jedem noch so kleinen Zipperlein abzusuchen. Doch es musste sich damit abfinden, nicht den geringsten Grund zur Beschwerde entdeckt zu haben.

„Wenn das der Tod sein soll", sprudelte es nur so aus ihm heraus", dann heiße ich ihn herzlich willkommen."

In flauschige, anschmiegsame Wärme gebettet, sog er das nie für möglich gehaltene Wohlbefinden in sich auf. Er konnte seine Leichtigkeit und die neu gewonnene Lebenskraft kaum begreifen.

Gerade als er sein neues Glücksgefühl zu akzeptieren begann, arbeitete sich ein seltsamer Gedanke aus den tiefsten Tiefen seiner geschundenen Seele hinauf, bis er die Oberfläche seines Geistes erreicht hatte.

„Etwas stimmt hier nicht. Wenn ich wider Erwarten noch leben sollte, dann müsste ich doch noch das Geflüster an meinem Bett hören. Und wo ist dann meine, ach so traurige, Familie geblieben? Andererseits könnte ich, wenn ich tatsächlich tot wäre, wohl kaum noch darüber nachdenken."

Langsam und vorsichtig öffnete er seine Augen. Gerade so, als müsse er sich vor allem fürchten, was er zu sehen bekommen würde.

Aber da war eigentlich nichts.

Jedenfalls nichts Fürchterliches, genauer gesagt, war da weder etwas Fürchterliches noch Wünschenswertes zu sehen oder zu hören.

Nichts – außer wohlig warmem und erfreulichem Licht.

„Aber", sagte sich Gottfried, „das ist doch schon viel besser als die finsteren Mienen, die ich zuletzt an meinem Bett sehen musste".

Für einen Moment schloss er die Augen wieder und hoffte, es würde sich nichts geändert haben, wenn er sie wieder öffnete.

Bedächtig und ängstlich, erst ein wenig blinzelnd, doch dann immer mutiger werdend, blickte er neugierig in die fremde Umgebung. Er richtete seinen Kopf auf und konnte ihn völlig überraschend, ohne jeden Schmerz, in alle Richtungen bewegen.

Doch wohin er auch sah, alles blieb tatsächlich so wunderbar ruhig und einzigartig angenehm; wie ein warmes Bad in der Sonne. In ihm breitete sich ein sonderbares, überwältigendes Gefühl aus, als wären Glück und Zufriedenheit in seinem Innersten ein unzertrennliches Bündnis eingegangen.

Doch schon nach wenigen Augenblicken musste er feststellen, dass die neue Umgebung im Grunde nicht mehr so ganz und gar unverändert war. Auf eine rätselhafte Art hatte sich das Licht ein wenig verbessert, nein, nicht verbessert, es war nur nicht mehr dasselbe wie vorher; es schien jetzt auf unbekannte Weise transparenter, nicht mehr so undurchdringlich.

Außerdem gab ihm ein weicher, kaum spürbarer Druck unter den Füßen das Gefühl, nicht mehr, wie noch vor wenigen Atemzügen, zu liegen, sondern nahezu schwerelos und in aufrechter Haltung, durch den sich langsam lichtenden Nebel zu gleiten.

Gespannt und mit wachsender Aufmerksamkeit, beobachtete Gottfried, wie sich langsam durch diesen märchenhaft leuchtenden Nebelschleier, einige diffuse Konturen abzeichneten. Neugierig, wie ein kleines, übereifriges Kind unter dem Weihnachtsbaum, versuchte er schon im Voraus zu erraten, was sich hinter diesen schemenhaften Linien verbergen könnte.

Erst als sich der Nebel in wenige Fragmente aufgelöst hatte, bemerkte er, dass er sich in Wolken befand, die vollkommen lautlos und gemächlich um ihn herum waberten.

Doch diese Wolken waren die schönsten, die er je gesehen hatte. Sie waren die reinste Liebkosung und nicht so störend, als würden sie den freien Sonntag am Strand vermiesen; oder gar bedrohlich, wie Gottfried sie auch schon oft genug wahrgenommen hatte.

Nach einer Weile erinnerte er sich seiner Füße, um etwas verwirrt festzustellen, dass er sich mit dem unbekannten Untergrund durch die Wolken bewegte, obwohl er durch keinerlei Anstrengung etwas dazu beigetragen hätte; er stand still auf einem Fleck.

„Aber natürlich", stellte er nach einem Moment verblüfft fest, „das scheint tatsächlich so etwas wie ein Laufband zu sein, ähnlich wie in den Kaufhäusern und Bahnhöfen. Allerdings ist es hier wesentlich angenehmer, weil es nicht durch die lärmenden Etagen eines Warenhauses, mit den vielen hektisch, nach überflüssigem Zeug suchenden Kunden führt. Hier gleite ich vollkommen lautlos durch diese behaglich warmen Wolken. Wie kann ein Mensch, mit so verschwindend wenig Beiwerk, so unglaublich glücklich sein, wie ich in diesem Moment?"

Gottfried hatte tatsächlich schon vergessen, dass er sich noch vor wenigen Augenblicken sehnlichst gewünscht hatte, aus seinem qualvollen Leben zu verschwinden.

Das Empfinden für die schweren Leiden der letzten Jahre war beinahe schon ausgelöscht, es tauchte im Hintergrund unter und verschwand immer mehr in einer blassen, bedeutungslosen Erinnerung, die keinerlei Einfluss mehr auf ihn zu haben schien.

Jetzt gab es sowieso weitaus wichtigeres, als über die Vergangenheit nachzudenken; etwas, dem er seine ungeteilte Aufmerksamkeit widmen wollte – und wohl auch musste. Denn er war gezwungen, sich unbedingt mehr damit zu beschäftigen, wo er sich jetzt befand, als darüber nachzudenken, welchem Elend er anscheinend gerade entkommen war.

„Ist das nun wirklich der Himmel, den mir die Priester jedes Mal wieder schmackhaft machen wollten, wenn wir uns über den Weg liefen?", fragte er sich immer noch ungläubig

„Sieht ja fast so aus. Oder ist es der ganz normale Gang in den Tod, von dem all die vielen Menschen berichtet hatten, die dem Tod noch einmal von der Schippe gesprungen waren? Sollte es aber doch nur ein Traum sein, so möchte ich bitte erst wieder aufwachen, wenn es mir hier jemals langweilig werden sollte."

Seine Ankunft im schmerzfreien Hier, in dem er so behaglich gestrandet war, beschäftigte all seine Sinne. Ungeduldig suchte er nach neuen Eindrücken, tastete sich mit Augen und Ohren in die Umgebung, um auf unliebsame Überraschungen vorbereitet zu sein; was würde als Nächstes kommen, welche Traumbilder – oder Realitäten – würden noch auf ihn warten.

Die letzten Jahre hatte er überwiegend damit verbracht, wehmütig zurückzudenken. Denn eine Zukunft, in die er voller Hoffnung hätte blicken können, gab es natürlich für einen Mann in seinem Alter schon lange nicht mehr.

Doch das schien sich, vorausgesetzt er nicht träumte, nun schlagartig geändert zu haben. Er glaubte, wenigstens kurzfristig, wieder nach vorn schauen zu können, ohne vor dem, was ihn noch erwarten könnte, Angst zu haben. Nichts bereitete ihm Sorgen, im Gegenteil, er genoss sein Wohlbefinden mit jedem Herzschlag mehr und fühlte sich wie ein frisch verliebter Jüngling

Bedächtig legte er seine Hände links und rechts auf eine Art Begrenzung oder besser gesagt Geländer, das sich parallel zu ihm bewegte.

Dann sah er sich wieder langsam und erwartungsvoll um. Doch viel zu sehen, bekam er leider noch immer nicht. Gottfried fragte sich schon, ob es hier tatsächlich nichts anderes gab, oder ob die restlichen Wolken nur weiterhin alles Sehenswerte verhüllten. Doch da kamen völlig unerwartet, nur wenige Meter von ihm entfernt, eine Reihe dicht gedrängter Menschen aus den Nebelschwaden ans Licht

Ein wahrer Schwall finsterer Gestalten tauchte buchstäblich aus dem Nichts auf. Sie befanden sich alle unter einer Art Tunnel aus massiven Gitterstäben. Und doch schienen sie der gleichen Quelle zu entspringen, wie er selbst. Gottfried vermutete, dass sie allesamt am selben Ausgangspunkt eintrafen und anschließend nach einem bestimmten Muster getrennt wurden.

„Die Guten ins Töpfchen, die Schlechten ins Kröpfchen", dachte er, „doch leider bin ich mir nicht so ganz sicher, wer von uns im Töpfchen landet."

Er sah sich noch einmal um, konnte aber hinter sich niemanden entdecken.

„Entweder sind die Massen da drüben die Guten oder befinden sie sich etwa hier, auf meinem Weg? Ausgerechnet ich, der sich hier allein auf weiter Flur befindet, soll der Gute sein? Wenn ich mir diese düsteren Mienen ansehe, möchte ich jedenfalls nicht zu denen da drüben gehören. Und welches Ziel, auf wen wartet, werde ich schon noch früh genug erfahren."

Die durchgehend finster dreinschauenden Gestalten, die Gottfried aufgrund seiner beachtlichen Erfahrungen für die Schlechten halten musste, strömten viel schneller dahin, als er selbst; willenlose Menschenmassen, die sich in dem langen Käfig stumm ihrem Schicksal fügten. Offenkundig durfte sich niemand von seinem vorgeschriebenen Weg entfernen. Einem Weg, der sie zwar parallel zu Gottfried in dieselbe Richtung zu führen schien, doch verloren sie nach nur wenigen Hundert Metern rasant an Höhe, um daraufhin in tiefschwarzen Wolken zu verschwinden.

Dieser merkwürdig lange Käfig, der mit so unglaublich vielen, düsteren und völlig apathisch wirkenden Menschen vollgestopft war, wirkte auf ihn furchterregend dämonisch

Bisher hatte Gottfried auf dem für ihn vorgegebenen Weg, noch keinen weiteren Menschen gesehen.

Doch jetzt drehte er sich noch einmal um. Hoffnungsvoll kniff er die Augen zusammen und erkannte nach einer Weile, dass sich hinter ihm, wenn auch zunächst nur schemenhaft, eine vermutlich männliche Gestalt abzeichnete, die sich ebenfalls auf seinem Weg befand.

Als die Konturen nach und nach immer deutlicher hervortraten, wurde klar, dass es sich um einen jungen Mann handelte. Obwohl es ein Mensch in weiter Entfernung war, den er nie zuvor gesehen hatte, fühlte er sich nicht mehr so einsam. Ihm war, als hätte er soeben einen Verbündeten gefunden.

Als er wieder nach vorn schaute, bemerkte er gerade noch rechtzeitig, wie ein Hinweis aus dem Nebel auftauchte, der zweifellos ihm galt.

Eine liebliche Stimme, begleitet von einem in grellen Farben flammenden Licht, teilte ihm mit, dass er sich doch bitte nach links orientieren möchte. Außerordentlich sanft und doch mit überzeugendem Nachdruck, bat sie darum, er möge der vorgegebenen Richtung folgen. Es war eine Aufforderung, der er sich beim besten Willen nicht widersetzen konnte.

Der Menschenkäfig zu seiner Rechten dagegen, ließ über den Köpfen der Menschenmenge einen, unter bedrohlichen Geräuschen hektisch blinkender Pfeil, auf den unausweichlichen Weg nach unten hinweisen. Was vollkommen überflüssig war, da es ohnehin kein Entkommen gab. Und schon nach wenigen Metern wurde die Pfeilrichtung durch eine steile Sturzfahrt in ein stockfinsteres Loch, bestätigt.

Ohne erkennbare Regung fügten sich die grauen Gestalten, mit gleichgültig erstarrten Gesichtern in ihr ungewisses, dunkles Schicksal, so als ginge sie ihr eigenes Trauerspiel nichts an.

Gottfried war wie vom Donner gerührt, als er sah, wie sie in der Tiefe verschwanden. Von Kopf bis Fuß mit eisiger Gänsehaut überzogen, sah er ihnen einen kurzen Moment hinterher, erinnerte sich dann aber an die Richtung, die ihm sein Hinweis vorgab.

Durch und durch beeindruckt von dem entsetzlichen Schauspiel auf der anderen Seite, wollte er dem Hinweis lieber nachkommen und den beschriebenen Weg beibehalten.

„Nur kein unnötiges Risiko eingehen, wer weiß, ob ich sonst noch auf den anderen Weg gebracht werde."

Traum oder Realität, um nichts auf der Welt wollte er auf die Abfahrt in die Finsternis umgeleitet werden.

Als er nach dem kleinen Richtungswechsel seinen bisherigen Pfad verlassen hatte, spürte er nach und nach, wieder etwas mehr Druck unter den Fußsohlen. Es war nicht etwa störend, denn er glitt, wie in seinen besten Zeiten, mit federleichtem Gang, ohne den geringsten Kraftaufwand, dahin.

„Wenn der Tod wirklich so daherkommt, begreife ich nicht, weshalb den Menschen damit Angst eingeflößt werden kann. Allerdings müssen die, die sich da drüben in die Tiefe stürzen, in ihrem Leben etwas anders gemacht haben als ich."

Gottfried wollte sich nicht mit dem vermutlich weniger schönen Schicksal anderer befassen, als vielmehr endlich einmal sein eigenes Glück genießen.

„Sollte ausgerechnet der gefürchtete Sensenmann, der Erste sein, der mich in meinem Leben so richtig zufriedenstellt?"

Nun musste er doch schmunzeln, denn ihm fiel sofort auf, was an dem Gedanken nicht stimmte, und verbesserte sich. „Hätte ich mich vor dem Ende meines Lebens, wenigstens gelegentlich so wohlgefühlt, wie danach, wäre mir das Sterben bestimmt nicht so leicht gefallen."

Jedenfalls konnte er bislang keinen Grund ausmachen, der ihn sein gerade vergangenes Leben vermissen ließ.

„Was mag aus Gaby und Wolfgang geworden sein", fragte er sich, „die werden mit ihren hinterhältigen Tricks und Machenschaften zwar gut durchs Leben gekommen sein, aber wohl kaum das Glück haben, über diesen Weg in den Himmel zu gelangen. Für diesen Menschenschlag, der glaubt, er könne mit üblen Gaunereien besser durchs Leben kommen, wird hier vermutlich die Quittung für seine miesen Spielchen bekommen. Für die wird eher der vergitterte Abstieg gedacht sein."

Doch dann erinnerte er sich tröstlich an die geliebten, vor ihm verstorbenen Menschen, die er vermisst und betrauert hatte. Wenn sie sich den gleichen Weg verdient hätten wie er, dann gäbe es keinen Grund mehr sie zu bedauern oder zu beweinen, weil es auch ihnen jetzt sicherlich viel besser gehen wird, als in ihrem gesamten Leben zuvor.

Bei diesem Gedanken durchfuhr ihn ein wohliges Gefühl inneren Friedens.

Hoch oben in den Wolken

Wie beflügelt schwebte Gottfried, auf beinahe schneeweißem und samtweich federndem Grund unter seinen Füßen, einem unbekannten Ziel entgegen.

Er blickte an sich hinunter und sah am Ende seiner langen, nackten, knochigen Beine die Füße hervortreten.

„Es sind noch dieselben alten Gestelle, auf denen ich dreiundneunzig Jahre umher gelatscht bin, nur dass sie jetzt nicht mehr schmerzen; sie fühlen sich unglaublich gut an, wie eigentlich der ganze Rest dieses Klappergestells. Dieser alte Sack bewegt sich schon wieder ziemlich geschmeidig und leichtfüßig. Und wenn ich bedenke, dass ich auch noch tot bin … na ja … vielleicht ist das der einzige Grund dafür, dass es mir so gut geht. Aber das ist mir egal, schließlich hatte ich mir ja gewünscht tot zu sein, damit es mir besser geht. Ob tot oder nicht, die Hauptsache ist doch, dass ich mich wohlfühle."

Nach einem kurzen Moment der Besinnung, gelang es Gottfried doch noch, sich dem Genuss hinzugeben. Nach so vielen Jahren des Leidens konnte er sich endlich wonnetrunken an seinem Dasein berauschen. Sein Leben hatte er, bis auf wenige Ausnahmen, nie so intensiv genießen können.

Aber schon nach einer kurzen Weile selig verzückter Stimmung, hielt er einen Augenblick inne und versuchte angestrengt, etwas in seiner neuen Umgebung zu erkennen. Sosehr er seine alten Augen auch bemühte, sie konnten den warmen, milchigen Dunst nicht durchdringen. Doch mit jeder Sekunde schienen sich die Nebelschwaden mehr und mehr zu verflüchtigen, sodass es nur eine Frage weniger Augenblicke sein konnte, bis etwas sichtbar werden würde.

Was dann, direkt vor seinen Augen Gestalt annahm, verschlug ihm vollends die Sprache. Die Wolken gaben nach und nach eine märchenhafte, kleine Ortschaft frei. Zunächst tauchten verschwommene Elemente, wie mit einem groben Pinsel in matten Farben zart getupft aus dem lichter werdenden Nebel auf. Je konzentrierter er hinsah, umso konkreter wurden die Details, bis er den Ort wiedererkannte, der ihm aus längst vergangenen Tagen, immer noch erstaunlich präzise, in äußerst angenehmer Erinnerung geblieben war.

Mit kindlicher Begeisterung erkannte er das Bergdorf

wieder, in dem er einst, auf der Durchreise ins sonnige Spanien, übernachtet hatte. „Selbst wenn es hier weder kalt ist, noch Schnee liegt – ist trotzdem alles so weiß wie damals, als alles eingeschneit war".

Selbst die Pflanzen – die mit Blumen übersäten Wiesen, die Bäume oder Sträucher, alles wirkte, bis auf wenige Schatten und Konturen, so schneeweiß und absolut rein wie damals, zu seinen Lebzeiten.

Noch während er darüber nachdachte, schlichen sich jedoch ganz langsam zarte Farbtöne, wie federleicht mit Watte hin getupft in die bleiche Umgebung und tankten sein Herz ein weiteres Mal mit wohliger Wärme auf.

Andächtig, beinahe mit Respekt bewegte er sich durch den menschenleeren, schweigsamen Ort, in dem weder Motorengeräusche noch spielende Kinder zu hören waren; nur zarte Klänge der Natur; leises Rauschen der Blätter und vielstimmige Gesänge ihm unbekannter Vögel. Es war die schönste Musik in seinen Ohren; Klänge, die er sich nicht zauberhafter hätte wünschen können. In einiger Entfernung sah er ein Gebäude, das an ein kleines Bürgermeisterhaus erinnerte, auf das er zuging, ohne weiter darüber nachzudenken. Etwas anderes wäre ihm ohnehin nicht eingefallen.

In einem großflächigen Fenster entdeckte Gottfried den roten Schriftzug: „Anmeldung", von dem er sich, ohne ersichtlichen Grund, persönlich angesprochen fühlte. Vielleicht auch nur, weil außer ihm niemand zu sehen war. Na ja, da kam ja noch ein Mann hinter ihm, aber der war noch sehr, sehr weit weg.

Möglicherweise war es seiner Herkunft zuzuschreiben, dass ihm Behörden unumgänglich erschienen. In einer Großstadt kommt man an Behördenkram vermutlich noch weniger vorbei, als auf dem Lande. Und auf den ersten Blick wirkte dieses Fenster wie der Auskunftsbereich einer Dienststelle. Auf den zweiten Blick blieb jedoch nicht viel vom Eindruck des Ersten übrig. Denn als er nahe genug herangetreten war, um in das Fenster sehen zu können, blieb ihm vor Freude und Begeisterung fast das Herz stehen.

Dieser Raum war so sauber und gepflegt, dass es schon deswegen definitiv keine Amtsstube sein konnte. Was aber endgültig jeden Gedanken an eine irdische Einrichtung zu Grabe trug, war das bezaubernde und anmutige Wesen, das in der kleinen Kabine hinter dem Fenster saß. Etwas so Himmlisches hätte man garantiert in keiner irdischen Behörde antreffen können. Die ebenso begehrenswerte wie märchenhafte Erscheinung, deren leicht gewelltes, goldblondes Haar, den Rahmen für eine aufrichtig harmonische Schönheit bildete, trug zum sakralen, und dennoch die Figur betonenden, weißen Gewand, wie selbstverständlich zwei prächtige, schneeweiße und außerordentlich beeindruckende Flügel.

Wie sollte er bei diesem Anblick jemals seine Zweifel an der Existenz des Himmels beseitigen?

„Wenn ich jetzt nicht träume, kann ich nur gestorben sein und einem leibhaftigen Engel gegenüberstehen. Aber was heißt denn schon leibhaftig, wenn man doch tot ist?"

Gottfried muss ziemlich fassungslos und verwirrt ausgesehen haben, denn der Engel konnte sich ein verschmitztes Lächeln nicht verkneifen, was nur dazu beitrug, ihrem Anblick auch noch einen verführerischen

Anstrich zu verleihen. Offensichtlich hatte die zauberhafte, beflügelte Schönheit, ihren göttlichen Spaß mit Gottfrieds entgleisten Gesichtszügen.

Er fragte sich wohl zu Recht, wie man eine so reizende, verführerisch wirkende, junge Frau, als Engel ansehen kann. Gibt es im Himmel nicht ganz andere Kriterien? Wenigstens für unschuldig, rein, und vor allen Dingen geschlechtsneutral, hätte Gottfried jeden Engel gehalten. Aber dieses Wesen verschlug ihm den Atem. Und das war schon lange nicht mehr, wenn überhaupt jemals, so heftig passiert.

Langsam legte sie den Kopf auf die Seite und sah ihn mit ihrem süßen, betörenden Lächeln an, als würde sie nur seinetwegen hier sitzen und schon ewig voller Sehnsucht auf ihn warten.

Ihr Anblick brachte Gottfried dermaßen aus der Fassung, dass ihm nichts Besseres einfiel, als sie weiterhin mit bedauernswertem Blick hilflos anzustarren.

„Jetzt bin ich mir sicher", stellte sich endlich wieder ein konstruktiver Gedanke in seinem Kopf ein, „sie ist ein Engel und damit der endgültige Beweis dafür, dass ich im Himmel bin. Oder aber, ich habe doch einen dieser seltenen, fantastisch schönen Träume, aus denen man niemals wieder erwachen möchte."

Als hätte sie seine Gedanken erraten, erhob sie sich, breitete ihre schneeweißen strahlenden Flügel aus, beugte sich ihm entgegen und deutete mit einem neckischen Fingerzeig auf einen kleinen roten Knopf, der sich auf Gottfrieds Seite, gleich neben dem Fenster befand. Den Kopf zur Seite geneigt, die Hände ineinander verflochten, wartete sie mit schelmischem Grinsen, bis

41

Gottfried endlich wieder zu sich gekommen war.

Nachdem sich seine Gehirnzellen mehr und mehr an ihre eigentliche Aufgabe erinnert hatten, nahmen sie ihre Tätigkeit, zu denken, wieder auf.

Er drückte also, wie vom Engel gewünscht, auf den Knopf; worauf sich das Fenster lautlos zur Seite hin öffnete. Nun gab es nichts mehr, was ihn von dem himmlischen Wesen trennte. Sein Herz schlug bis zum Kehlkopf und drohte ihm den Boden unter den Füßen zu entreißen.

„Gottfried Hempel, ich heiße dich auf das Herzlichste in unserem göttlichen Himmelreich willkommen. Du hast es dir redlich verdient, bei uns aufgenommen zu werden."

Mit einer jetzt ausgesprochen feierlichen Miene schob sie ihm ein Formular zu, welches schon zum Teil, mit seinem Namen und Geburtsdaten ausgefüllt war.

Mit einer sanften Bewegung glitten ihre imposanten Flügel lautlos zurück an ihren Platz auf dem Rücken. Nachdem sie sich gesetzt hatte, bat sie ihn, sich das Formular genauer anzusehen, um es dann zu vervollständigen und seine Ankunft mit einer Unterschrift zu bestätigen.

Da er weiterhin unfähig war ein vernünftiges Wort hervorzubringen oder auch nur versuchte das Formular zu verstehen, nahm er schweigend den Stift, den sie ihm geduldig reichte, entgegen und setzte die gewünschte Unterschrift hinter seinen Namen.

„Mein lieber Gottfried, wie ich sehe, benötigst du noch immer ein wenig Hilfe. Eigentlich sollst du es selbst vervollständigen, aber ich bin gut genug über dich im Bilde, dass ich dir alles Notwendige erzählen kann."

Nachdem das Formular mit ihrer geduldigen Unter-stützung ausgefüllt war, nahm sie das Papier, mit einem tugendhaften und ausgesprochen liebenswürdigen Lä-cheln, wieder entgegen.

„Und jetzt wollen wir dir den Aufenthalt bei uns, so angenehm wie möglich bereiten. Doch dafür haben wir leider noch weitere Formalitäten zu erledigen."

Gottfried, der im Allgemeinen für seine dreiundneun-zig Jahre, zumindest geistig, noch hervorragend beiein-ander war, machte jetzt jedoch, einen immer noch ziem-lich verwirrten Eindruck auf sie.

„Oh", sagte der Engel, als er bemerkt hatte, dass Gottfried weiterhin Schwierigkeiten mit der neuen Situ-ation hatte und die Ereignisse bislang noch nicht verar-beiten konnte, „es tut mir sehr leid, ich war erneut viel zu schnell. Ich weiß eindeutig, dass du Gottfried bist, aber ich habe mich noch gar nicht vorgestellt. Mein Name ist Michaela. Natürlich stört sich unser Erzengel Michael an meinem Namen, aber das stört mich nun ganz und gar nicht. Und am liebsten würde er alle, für unsere Mission auserwählten Verstorbenen, selbst dem Himmelreich zuführen. Aber auch hier darf, Gott sei Dank, nicht jeder machen, was er will. Und das gilt selbstverständlich auch für unseren Erzengel Michael."

In der Hoffnung, schon eine positive Wirkung von seinem Gesicht ablesen zu können, unterbrach sie ihren Redefluss für einen kleinen Moment. Aber nicht das Geringste, was auf Erleuchtung hinweisen könnte, war in seiner Mimik zu erkennen.

„Ich denke, es wird langsam Zeit dir zu erklären, warum wir dich zu uns gebeten haben."

Plötzlich wurde Gottfried hellwach.

„Gebeten? … gebeten? … mich hat niemand gebeten, im Gegenteil, ich bin ungefragt bei euch angekommen."

„Ich bedaure, dass du es so siehst, aber das ist nun einmal unsere Betrachtungsweise, und wir wären froh, wenn du es genauso sehen würdest."

Es war ihr deutlich anzusehen, wie sie sich bemühte, eine unbeteiligte Einstellung zu finden, um dann möglichst sachlich mit ihren Ausführungen fortzufahren.

„Die Götter haben mit Vorbedacht eine Aufgabenteilung eingeführt", nahm sie den Faden wieder auf, „schließlich sind wir im Himmel und müssen uns in vielerlei Hinsicht nach den Wünschen der Neuankömmlinge richten. Kannst du mir sagen, welcher Mann lieber von einem männlichen Engel empfangen würde, als von einem – in aller Bescheidenheit – lieblichen Wesen, wie ich eines bin?"

Mit einem hintergründigen Lächeln teilte sie Gottfried mit, wie sehr sie ihren Scherz genüsslich auskostete.

„Na ja", fuhr sie zufrieden fort, nachdem sie ihren Erfolg genug ausgekostet hatte, „da wird es schon den einen oder anderen geben, aber auch die, die sich nicht zwischen Mann und Frau entscheiden konnten, finden bei uns ihre angepasste Aufnahme, worüber sich noch keiner von ihnen beklagt hat. Womit wir wieder beim Erzengel Michael wären. Eigentlich sollten ihm die Unentschlossenen zugeteilt werden, doch er hat sich erfolgreich geweigert; letztlich hat er ja mit den Frauen schon genug um die Ohren. Da haben die Götter sich für Gabriel entschieden, bei dem war der Widerstand nicht so vehement.

Im Übrigen würde es auch die eine oder andere Frau vorziehen, von mir empfangen zu werden, doch auch sie müssen sich damit abfinden, zunächst in ihren eigenen Reihen zu bleiben."

Gottfrieds Verwirrung war einer Begeisterung gewichen, die in Michaelas Augen nicht unbedingt als besonders tugendhaft gelten würden. Er wurde sogar ein wenig verlegen, als er sich selbst sagte, „auch wenn sie ziemlich unsinniges Zeug redet, würde ich jeden zum Teufel jagen, der es wagen sollte, mich aus diesem Traum zu reißen."

Michaela war gerade zu sehr mit sich selbst beschäftigt, als dass sie seine Verlegenheit hätte bemerken können.

„Was ist heute nur mit mir los", sagte sie erschrocken. Sie war ein wenig bestürzt über ihre eitle Äußerung, denn dafür würde sie sich garantiert wieder rechtfertigen müssen. Wenn sie mit Gottfried so weiter macht wie bisher, steht wahrscheinlich noch schlimmeres an, als nur ein Rüffel. Sie hatte Angst, vom Empfang abgezogen zu werden. Dann gäbe es keine Begegnungen mehr, wie mit Gottfried. Deshalb versuchte sie mit einem neuen Anlauf, den kleinen Fauxpas wieder auszubügeln.

„Mein lieber Gottfried, es mag sich zwar schlimm für dich anhören, aber du solltest trotz allem zur Kenntnis nehmen, dass du zurzeit tot bist."

Sie machte eine ihrer üblichen kleinen Pausen, um in seinem Gesicht nach der Wirkung ihrer Worte zu suchen.

„Wir wissen zwar, wie sehr du dir den Tod gewünscht hattest, genauso gut wissen wir aber auch, dass
die Realität fast immer viel schwerer zu akzeptieren ist,
als es sich die meisten von euch jemals vorgestellt hätten. Wenn unseren neuen Gästen erst bewusst wird, dass
es kein Zurück in ihr altes Leben gibt, obwohl sie sich
bei uns recht wohlfühlen, überkommt die meisten eine
schwere Melancholie, und manchmal sogar ein geradezu störrisches Verlangen nach einer Rückkehr in ihr altes, beschwerliches Leben. Dabei haben sie oft nur zu
schnell vergessen, von welchen Qualen sie der Tod gerade erlöst hatte. Man zeige mir einen Menschen, der
sein Leben beenden möchte, wenn er doch so glücklich
ist."

Wieder sah sie ihn voller Hoffnung prüfend an.

„Nein, mein lieber Gottfried, den wird wohl niemand
finden. Alt und gebrechlich; von Schmerzen geplagt;
auf Erlösung hoffend, das sind die häufigsten Wege auf
dem die Menschen aus dem Leben scheiden. Aber dennoch gehen auch viele junge und gesunde Menschen
vorzeitig aus dem Leben, weil sie es aus den unter-
schiedlichsten Gründen nicht mehr ertragen. Viele sterben durch unheilbare Krankheit. Andere werden durch
Mord oder Unfall aus dem Leben gerissen, ohne jemals
eine Wahl gehabt zu haben. Die haben es zweifellos besonders schwer. Um die unglückseligen müssen wir uns
bei ihrer Ankunft außerordentlich intensiv und behutsam kümmern. Für diese schweren Fälle haben wir deshalb besonders geschultes und ausgesprochen geduldi-
ges Personal."

Während der letzten Worte fuhr sie mit gespreizten Fingern einer Hand durch ihr prachtvolles Haar, als wollte sie ihren Stolz, zum himmlischen Personal zu gehören, unterstreichen.

„Und dann möchte ich gleich noch die Vorteile erwähnen, die jedem der ehemaligen Erdenbürger zugutekommen und keineswegs zu unterschätzen sind."

Sie nahm ihre elfenhaften Finger zur Hilfe, um Gottfried die weiteren, durchaus überzeugenden Vorteile aufzuzählen.

„Ihr habt keine Schmerzen mehr, keine Probleme mit dem Wetter. Kalte Füße oder Schweißausbrüche sind ebenso von der Tagesordnung verschwunden, wie nagender Hunger und quälender Durst, Geldsorgen und Neid auf Hab und Gut anderer Menschen, Krankheit und Angst, Eifersucht, Wut, Gier und Trübsal, gehören allesamt der Vergangenheit an."

Und dann kramte sie eines ihrer vermeintlichen Asse hervor.

„Und das Beste am Großen und Ganzen – du wirst niemals mehr Angst vor dem Tod haben."

Michaela schien wieder zufrieden mit sich und der Welt und fragte ihn fröhlich lächelnd: „Na, was sagst du dazu?"

Sie ließ Gottfried jedoch nicht die erforderliche Zeit, um ihre Frage zu beantworten, aber das kannte er ja aus eigenen Lebzeiten.

„Und das ist noch lange nicht alles", fügte sie schnell hinzu, „du kannst dir obendrein aussuchen, wie alt, gesund und glücklich du sein möchtest."

Allmählich schien sie Gottfried mit ihrer frenetischen

Begeisterung anzustecken.

„Wenn du nur einen Augenblick über dein Leben nachdenkst, wirst du dich sicherlich an eine Zeit oder eine bestimmte Situation erinnern, in der du dich so besonders wohlgefühlt hast, dass du gern wieder in sie eintauchen möchtest."

Sie legte wieder eine ihrer Pausen ein, die zu kurz waren, als dass Gottfried eine Chance gehabt hätte, seine Meinung zu äußern, wenn er denn überhaupt schon eine gehabt hätte.

„Und jetzt kommt es", sie betonte jedes einzelne Wort mit Vorsicht, als würde alles weitere davon abhängen, „genauso jung, stark, glücklich und gesund, wie in dem Augenblick, in dem du dich dann wiederfindest, wirst du dich ab sofort fühlen, und zwar bis in alle Ewigkeit."

Michaelas euphorische Schilderung wollte nicht mehr so recht zur Erscheinung eines Engels passen. Als ob sie ahnte, was auf sie zukommen würde, fügte sie mit Begeisterung hinzu: „Und du wirst natürlich genauso aussehen wie in dem Moment, in dem du dich so wohlgefühlt hattest."

Endlich bekam Gottfried den Mund wieder auf, „ob ich nur träume, tot bin, oder sonst etwas, ist mir jetzt schon egal, ich mache einfach mit. Was kann mir denn schon groß passieren?"

„Das ist fein, Gottfried. Einen guten Rat will ich dir aber vorher doch noch geben. Und höre bitte genau zu, denn es scheint mir absolut notwendig. Suche bitte nicht zu lange nach dem absolut wundervollsten Moment in deinem Leben, dabei kommt meistens nichts Gutes heraus. Wenn du zu intensiv suchst, wirst du in der Regel immer ein Haar in der Suppe finden und dann suchst du weiter und weiter, bis du vollkommen den Überblick verloren hast."

Besorgt schaute sie Gottfried an, denn sie hatte, wie bei den meisten Neuen, nicht den Eindruck, dass er wirklich wusste, worum es geht.

„Wenn dir einfällt, dass du dich an einem Morgen mit deiner ersten großen Liebe ganz fantastisch gefühlt hast, so fällt dir plötzlich ein, dass sich das Mädchen noch am selben Abend von dir getrennt hat. Und schon suchst du nach einem anderen Tag, und so weiter, und so weiter. Nimm einfach den Augenblick, der dir zuerst und ganz spontan, als schön und lebenswert eingefallen war. Bleibe konsequent bei dieser Erinnerung; fühle dich dann für einen Moment wohl darin und prüfe, ob es sich weiterhin gut anfühlt."

Michaela schien sich selbst in etwas aus ihrer eigenen Vergangenheit hinein zu steigern. Sie redete so konzentriert auf Gottfried ein, als ginge es um ihr eigenes Wohl.

„Wenn du gedanklich intensiv genug dabeibleibst, wirst du anschließend über deine Erscheinung und dein Befinden überaus erfreut sein. Sei am besten ganz spontan und vergiss andere Menschen. Sei egoistisch und denke nur an dich. Viele suchen sich ein Alter aus, so Anfang zwanzig, weil sie sich in der Zeit körperlich besonders gut fühlten, und dann fällt ihnen dummerweise ein Mädchen ein, mit dem sie außergewöhnlich guten Sex hatten, oder sogar unbeschreiblich verliebt waren."

Ein tiefer Seufzer unterbrach sie mitfühlend, während

sie ihn mit schweren Lidern ansah.

„Für diese Kandidaten gibt es jedoch meistens ein untröstliches Erwachen, wenn sie enttäuscht feststellen müssen, dass sie ihre große Liebe, selbst nach intensivster Suche, bei uns im Himmel nicht wiederfinden."

Betreten schüttelte sie den Kopf.

„Es macht bestimmt keine Freude, Zeuge ihrer Enttäuschung zu sein.

Die vielleicht größte Enttäuschung trifft aber diejenigen, denen nichts Besseres einfällt, als sich an einen materiellen Glücksmoment zu erinnern. Sie denken an den großen Lottogewinn; an den Kauf eines tollen Autos; oder erinnern sich an eine völlig überraschende, große Erbschaft."

Michaela war deutlich anzusehen, wie sehr sie diese einsamen Geschöpfe bedauerte, weil ihnen die schönsten und wichtigsten Erfahrungen im Leben völlig fremd zu sein schienen.

„Diese, im Grunde armseligen Wesen, haben nie erlebt, was schon der Anblick einer idyllischen Landschaft in einem Menschen auslösen kann, ganz zu schweigen vom wahrscheinlich größten Glück, das einer Kreatur überhaupt widerfahren kann: sein Leben mit einem liebevollen Partner zu teilen. Oder haben sie jemals erlebt, mit wie viel mehr Glanz das Leben eines jeden Menschen, durch liebe und gesunde Kinder, bereichert und vervollständigt werden kann."

Wieder sah sie Gottfried prüfend an. Sie hoffte, von seinen Augen ablesen zu können, ob er ihren Schilderungen folgen konnte, aber er gab seine Gedanken nicht preis.

„Merkwürdig", Michaela horchte einen Moment in sich hinein „gerade die bedauernswertesten Wesen können wir am ehesten für unsere Pläne gewinnen", fuhr sie dann mit einem Blick fort, der erkennen ließ, dass ihr dieser seltsame Umstand vielleicht zum ersten Mal auffiel.

Michaela sah ihn weiterhin forschend an. Hatte er sie etwa noch nicht verstanden? Doch nach wenigen Momenten bemerkte sie dann, dass er langsam die Augen schloss, und sein Gesicht in Abwesenheit glitt. Ganz langsam änderte sich seine unsichere Miene und fand Halt in vollkommener Zufriedenheit. Nach zwei ruhigen, gleichmäßigen Atemzügen begab er sich auf eine wunderbare Reise, eine Reise in ein früheres, besseres Leben.

Allein wegen dieser Glücksmomente liebte Michaela ihre Aufgabe an diesem Empfang. Jedes Mal war sie von Neuem so tief berührt, als ginge sie gemeinsam mit den Neuankömmlingen, ihren Weg in eine glückliche Vergangenheit.

Wenn sie miterleben durfte, wie die Erneuerung, gerade der vom Leben schwer gezeichneten Menschen, so strahlende, junge und vor allem glückliche Geschöpfe aus ihnen machte, war das, selbst für himmlische Verhältnisse, immer wieder eines der wunderbarsten Erlebnisse.

Gottfried war für einen Moment sehr weit weg vom hier und jetzt. Dafür ging es ihm nach seiner Rückkehr aus längst vergangenen Tagen, noch besser, als es vor wenigen Augenblicken ohnehin schon der Fall war. Genau genommen, hatte er sich in seinem ganzen Leben nie besser gefühlt als jetzt, was bedeutete, er hatte seiner Erinnerung den Volltreffer entlockt.

Gottfried fühlte sich taufrisch, euphorisch und bis zum Bersten mit frischer Energie geladen. Er hatte auf Anhieb vielleicht nicht den schönsten Augenblick in seinem Leben gefunden, aber einen, der ihm in dieser merkwürdigen Umgebung wohl am besten bekommen würde. Was wiederum nicht sonderlich schwer war, weil es nicht so sehr viele herausragende Momente gegeben hatte. Seine Erinnerung hatte ihn tatsächlich auf den Punkt genau an den richtigen Schauplatz gebracht.

Wunderbare Erinnerung

Im zarten Alter von vierundzwanzig Jahren war Gottfried zum ersten Mal in den Urlaub gefahren. Allein ra-
delte er mit dem Fahrrad los, auf dessen Gepäckträger er
ein kleines Zelt verschnürt hatte, das ihn gerade so eben
beherbergen konnte.

An den ersten drei Tagen hatte ihn das Wetter furchtbar im Stich gelassen. Es regnete und stürmte ununterbrochen, wie er es bis dahin in noch keinem Sommer erlebt hatte. Es war kein Vergnügen gegen Wind und Regen anzukämpfen, doch er wollte nicht aufgeben und
hielt verbissen an seinem Plan fest.

Am vierten Tag, oh Wunder, erwachte er früh morgens in seinem kleinen, gemütlichen Zelt, ohne dass ihn die vertrauten Geräusche des peitschenden Regens vorzeitig geweckt hätten.

Außer den sanft auslaufenden Wellen waren nur die vereinzelten Schreie der Möwen zu hören.

Noch ein wenig misstrauisch lauschte er in die ungewohnte Stille hinein … doch nichts wollte den friedlichen Morgen stören.

Nachdem sich sein Misstrauen gelegt hatte, formte sich sein Mund vorsichtig zu einem fröhlichen Lächeln.

Gottfried benötigte keine weitere Zeit, um richtig wach zu werden. Er stürmte mit übermütigen Luftsprüngen aus dem Zelt, rannte die wenigen Meter über den Strand und stürzte sich, nackt wie er war, ins lauwarme Wasser des kleinen Badesees.

An diesen Moment hatte er sich schon so oft und gern erinnert, dass er ihm auch jetzt ganz spontan wieder in den Sinn kam. Nun konzentrierte er sich intensiv darauf, um das Gefühl zu möglichst vertieft in sich aufzusaugen und noch für eine Weile festzuhalten.

So kam Gottfried mit einem Kopf voll glücklicher Gedanken zurück in den verheißungsvollen Himmel mit seinem zauberhaften Engel Michaela.

Wieder ein junger Gottfried

Gottfried öffnete ganz langsam und vorsichtig seine Augen, als würde er befürchten, seinen himmlischen Traum davonzujagen.

Innerlich vor Freude jubilierend, folgte er Michaelas anmutigen Bewegungen, sah, wie sie sich langsam vor ihm aufrichtete und die leicht vibrierenden Flügel dekorativ vor ihm ausbreitete.

Wäre er nicht ein so entsetzlich altes Klappergestell, hätte er tatsächlich geglaubt, dass ihn ihre wunderschönen, dunkelblauen Augen geradezu in Liebe entflammt fixierten.

Doch einerseits fühlte er sich jetzt unglaublich gut ge-

launt, munter und kräftig, andererseits ließ ihn besonders die Art, wie sie ihn ansah, daran zweifeln, noch
derselbe zu sein, der ihr vor einer Sekunde gegenüberstand.

„Bin ich denn überhaupt noch der alte Sack, der vor
wenigen Augenblicken, im Kreise der Verwandten, mit
geschlossenen Augen auf seinem Bett lag und aus dem
verdammten Leben verschwinden wollte?

Aber so, wie ich mich jetzt fühle, könnte tatsächlich
passiert sein, was Michaela angekündigt hatte", dachte
Gottfried verblüfft. Doch das ist selbstverständlich vollkommener Blödsinn."

Selbst Michaela benötigte in so außerordentlich seltenen Fällen, wie jetzt bei Gottfried, immer wieder ein
wenig Zeit, um aus ihrer Verzückung in die Realität zurückzukehren.

Und trotzdem … es schien dieses Mal etwas ganz Besonderes zu sein. Es war auf eine merkwürdige Art anders als sonst. In ihr rationales Handeln mischten sich
Gefühle ein, die ihr Handeln beeinflussten.

Ein Grund könnte sein, dass sie nicht jedes Mal eine
so extreme Veränderung erlebte, da die meisten Neuankömmlinge natürlich um etliches jünger waren als Gottfried. Immerhin konnte er mit seinen dreiundneunzig
Jahren schon zu den Spitzenreitern gezählt werden. Es
war schon großartig mitzuerleben, wie Männer dreißig
oder vierzig Jahre in ihrem Leben zurückgingen, aber
gleich ganze siebzig Jahre, das war eine eher seltene
und ziemlich außergewöhnliche Veränderung. Sie hatte
schon etwas Anziehendes in seinem erschöpften Wesen
und den müden, aber gütigen Augen entdeckt. Jetzt aber

hatte Gottfrieds jugendlicher Anblick, wie es den Anschein hatte, unwiderruflich tiefe Spuren in Michaelas
Herz hinterlassen.

Es fiel ihr sichtlich schwer, die von den Göttern er-
teilte Aufgabe wieder aufzunehmen, aber sie konnte
Gottfried doch in diesem Zustand nicht sich selbst überlassen. Deshalb beugte sie sich vor und griff unter sich
in ein Regal, um ihm erst einmal eines dieser langen,
weißen Gewänder, zu reichen, denn er stand immer
noch so vor ihr, wie er damals am Badesee herumgetollt
war: Nackt wie Gott ihn geschaffen hatte.

„Vor mir brauchst du dich nicht zu genieren, Gottfried. Denn obwohl ich ein Engel bin, weiß ich doch,
wie unbekleidete Menschen aussehen. Schließlich seid
ihr doch alle nackt auf die Welt gekommen, wenn auch
ein wenig kleiner. Wer benötigt denn schon Kleidung.
Die Kleidung dient doch nur zum Schutz gegen Kälte,
Gottfried, und bei uns ist es immer angenehm warm.“

Doch Gottfried dachte, „du hast gut reden, dein edler
Körper steckt schon unter einem Hemd“. Und vor allem
deshalb schämte er sich vor Michaela.

Also nahm er eiligst und dankbar das Hemd entgegen,
auch wenn es zum Teil sehr eng saß, so zwängte er sich
doch schnell hinein. Obwohl diese Hemden speziell für
zarte Engel bemessen waren, hätten die Götter eigentlich wissen können, dass eines Tages ein unbekleideter
Mann bei ihnen auftauchen würde.

Doch darüber machte Michaela sich im Augenblick
keine Gedanken. Stattdessen fragte sie Gottfried: „Nun,
wie fühlst du dich jetzt?“

Einerseits war ihm die Frage für das, was er jetzt tatsächlich empfand, zu simpel; andererseits fehlte ihm aufgrund jeglicher, vergleichbarer Erlebnisse, ohnehin die passende Beschreibung. Also versuchte er es mit dem einfachen Wortschatz, der ihm in dieser unbeschreiblichen Situation zur Verfügung stand.

„Großartig … genauso wie damals … an jenem Morgen … als ich gerade …" er musste kurz überlegen, „ja, dreiundzwanzig werde ich gewesen sein".

Jetzt war er auch noch verblüfft vom Klang seiner eigenen Stimme. Sie erschien ihm plötzlich, durch die ungewohnt jugendliche Frische, so fremd. Sie hatte unversehens einen so ungewohnt kraftvollen Klang, dass er sich selbst kaum wiedererkannte.

„Was geht denn hier vor sich?", fragte er beinahe flüsternd, „Michaela – was ist mit mir passiert?"

Von einem Moment zum anderen klang seine, eben noch so kräftige, jugendliche Stimme, nahezu hilfsbedürftig und empfindsam.

„So langsam könntest du begreifen, dass du im Himmel angekommen bist … und das bedeutet natürlich auch, dass du nicht mehr unter den Lebenden bist", schob sie nach einer kleinen Pause hinterher. „Könntest du dich fürs Erste einfach darüber freuen, dass du so gut bei uns aufgenommen wirst. Vergiss bitte nicht, dass du ein Leben, vollgestopft mit Schmerzen, Sorgen und allen möglichen und unmöglichen Belastungen hinter dir gelassen hast."

Aber Gottfried hatte schon wieder einen Einwand.

„Wenn man erst sterben muss, um sich so vollkommen und großartig zu fühlen, wozu soll man sich dann erst durch dieses abscheuliche Leben quälen? Wozu, um alles in der Welt, soll das gut sein?"

„Mein lieber Gottfried, du vergisst dabei nur zu leicht, wie allerdings die meisten auch, die vor dir zu uns kamen und wahrscheinlich auch all die anderen, die nach dir noch kommen werden, dass du in genau diesem ach so grauenvollen Leben, ohne lange überlegen zu müssen, dieses herrliche Gefühl gefunden hast.

Dieses wunderbare Gefühl erfüllte dich eben noch mit so viel Freude und Energie, dass du vor Glück hättest platzen können. Und jetzt hast du schon wieder Zweifel am Sinn des Lebens."

Michaela schüttelte tadelnd den Kopf.

„Was hast du daran auszusetzen, dass du dich hier, bei uns, bis in alle Ewigkeiten so unglaublich großartig fühlen darfst?"

Jetzt traute Gottfried sich nicht mehr, den Mund zu öffnen. Er sah seinen Engel nur schweigend und betreten an, was Michaela als Aufforderung ansah, mit ihren Belehrungen fortzufahren.

„Zu Lebzeiten kannst du dich nicht unentwegt wohlfühlen. Dann würde dir jeder Anreiz fehlen, um etwas anzupacken und zu verbessern.

Hunger, Durst und Kälte, um nur einige Beispiele zu nennen, sind unvermeidliche Beschwernisse, die dich immer wieder antreiben sollen, damit du dir ein angenehmes Leben erkämpfst. Fast jeder Mann wird eine gutherzige und schöne Frau finden, will er aber erreichen, dass sie auf Dauer bei ihm bleibt, dann muss er ihr schon einiges bieten. Das Mindeste wäre ein gesichertes Leben; sollte ein Mann dazu nicht in der Lage sein, wird er ihre Kinder auch nicht sicher durchbringen."

Beiläufig strich Michaela geschickt mit ihren schlanken Fingern ein paar Falten aus dem sakralen Gewand, die sich über ihrer wohlgeformten Brust gebildet hatten, was dazu führte, dass ihre Figur noch ein wenig besser zur Geltung kam und Gottfrieds Seelenfrieden erneut in Aufregung versetzte.

Als sie sich vom vorteilhaften Sitz ihrer anmutigen Umhüllung vergewissert hatte, fuhr sie mit ihren Erklärungen über den Sinn des teilweise harten Daseins auf Erden fort.

„Ohne die Anstrengungen, die dich dein ganzes Leben über begleiten, würdest du die Glücksmomente nicht zu schätzen wissen, ja, vermutlich wärst du nicht einmal in der Lage sie überhaupt noch wahrzunehmen."

Aus Angst ihn zu überfordern, legte sie erneut eine kleine Atempause ein, die sie mit einem zauberhaften Lächeln ausfüllte.

„Wenn ihr akzeptieren würdet, dass nicht Gott die Menschen geschaffen hat, sondern eine Laune der Natur die Hand im Spiel hatte, dann würdet ihr auch verstehen, warum es schwarze, gelbe, rote und weiße Menschen gibt. Über groß, klein, dick und dünn müssen wir gar nicht erst reden. Wenn die Götter euch erschaffen hätten, wäre mit Sicherheit etwas Besseres dabei herausgekommen, als das gegenwärtige Ergebnis. Gut und Böse käme in eurem Sprachgebrauch ebenso wenig vor, wie Eitelkeit, Neid, Gier, Hunger und Durst. Dafür würden die Begriffe Nächstenliebe und Mitleid dafür sorgen, dass niemand hungern oder gar verdursten müsste. Arme würden nicht so entsetzlich viel Zeit mit sinnlosen Gebeten verbringen, sondern sich nehmen, was ihnen zusteht."

Gottfried schien sie mittlerweile tatsächlich zu verstehen und stimmte trotzdem nur mit einem zaghaften Kopfnicken zu. Über die Erschaffung der Menschen und Götter hatte er sich nie ernsthafte Gedanken gemacht, da er immer mit beiden Beinen fest auf dem Boden stand und nur Realitäten an sich heranließ.

„Sieh mal Gottfried", fuhr sie fort, „hier bei uns sieht das natürlich alles ein wenig anders aus. Hier musst du nicht um dein Überleben kämpfen, denn wer bei uns angekommen ist, hat die irdischen Balgereien bereits hinter sich gelassen.

Bei uns darfst du dich einfach wohlfühlen und glücklich sein. Und damit dir das auch wirklich gut gelingt, solltest du am besten erst einmal einen Blick in den Spiegel werfen."

Sie trat bis zum Fenster vor und wies ihm mit der ihr eigenen, zauberhaften Geste seinen nächsten Schritt an.

„Den roten Knopf da draußen kennst du ja. Und da drückst du jetzt bitte zweimal drauf."

Gottfried trat näher und drückte wie gewünscht zweimal auf den Knopf. Zu seinem Bedauern schloss sich das Fenster wieder und der liebliche Engel verschwand hinter einer glänzenden Wand aus seinem Blickfeld. Statt auf Michaela sah er nun in einem mannshohen Spiegel auf sein eigenes Ich.

Überrascht starrte er auf eine Gestalt aus längst vergangenen und beinah schon vergessenen Tagen. Instinktiv drehte er sich um, aber da war niemand außer ihm; und seine Bewegungen, bis zum Augenaufschlag, waren absolut identisch mit denen des Spiegelbildes.

„Mir bleibt nichts anderes übrig, als zu akzeptieren, dass ich dieser junge Mann dort bin."

Beim Anblick seines Jugendbildes durchjagten prickelnde Schauder seinen Körper. Der ohnehin schon wolkig weiche Boden schien ihm endgültig jeden Halt zu entziehen. Sein ganzes Leben lang hatte er das Gerede von Gott, Himmel und Hölle als Kinderei und Hokuspokus abgetan. Wie konnte er aber nach dem, was hier geschehen war, noch bei seiner eher belustigten Einstellung zu göttlichen Wesen bleiben?

„Da stehe ich nun, ein alter Sack von dreiundneunzig Jahren; stehe hier im Himmel vor einem Spiegel und starre entgeistert auf mein jugendliches Abbild, das es schon seit sechzig Jahren nicht mehr geben dürfte."

Nach Hilfe suchend, drehte er sich zu Michaela um.

„Michaela, bitte sag mir, welches Spielchen ihr mit mir treibt." Er konnte nicht anders, als seine Bewegungen im Spiegel aus den Augenwinkeln zu beobachten. Fassungslos schaute er auf die Figur im Spiegel, die sich synchron zu ihm bewegte. „Bin das wirklich ich?"

„Das bist du, Gottfried, genau wie ich es dir versprochen hatte." Wenn er Michaela auch nicht mehr sehen konnte, so gab ihm wenigstens ihre Stimme halt.

„Mein lieber Mann, das wird ja immer verrückter."

Er stand ja nicht nur einem jungen und blendend aussehenden Gottfried gegenüber, viel besser war ja noch, dass er sich ebenso großartig fühlte, wie er anzusehen war.

Aus dem grauen, schütteren Haar, das seinen Leidensweg seit vielen Jahren unterstrichen hatte, war wieder die volle, widerspenstige Mähne geworden, an die er sich kaum noch erinnert hatte. Die aufrechte Haltung unter dem eng anliegenden Engelsgewand, ließ einen schlanken, sportlichen Körper erkennen. Das jungenhafte, fein geschnittene Gesicht, hatte zu den warmherzigen Zügen zurückgefunden, denen er verdankte, dass er bei seinen Mitmenschen so gern gesehen war.

„Wenn ich wirklich nicht träume, ist alles, was hier mit mir geschieht, teuflisches Höllenwerk. Seit ich dir begegnete, halte ich das Höllenwerk für sehr unwahrscheinlich. Darum glaube ich doch eher an ein göttliches Geschenk des Himmels. Ich verstehe nur nicht, weshalb es Gott – oder die Götter – ausgerechnet mit mir so gut meinen sollten, wo ich doch in meinem ganzen Leben nicht ein einziges Mal gebetet habe."

„Die Götter, Gottfried, die Götter ist richtig", fiel Michaela ihm ins Wort, „ihr habt euch, in all den Tausenden von Jahren eurer Entwicklung zum halbwegs brauchbaren Menschen, so unglaublich viele Götter einfallen lassen, dass die meisten von ihnen jedoch schon nicht mehr unter uns weilen. Aber es sind immer noch einige hier, über die wir allerdings später noch reden werden."

„Gut, dann einigen wir uns also auf Götter; ich werde mich schon noch daran gewöhnen, dass es ein paar mehr von ihnen gibt. Weshalb sollte ich an ein Leben nach dem Tod oder was das hier auch immer sein soll, glauben? Es hätte doch wirklich genügt, wenn einfach Schluss wäre. Schluss! Aus! Ende! Vorbei! Einfach nichts mehr.

Das hätte doch genügt und niemand hätte sich beschweren können. Aber nein, damit ist es ja nicht getan.

Stattdessen wird man mit dramatischen Schilderungen einer furchtbar grausamen Hölle in Angst und Schrecken versetzt oder aber, mit unglaublich reizenden Bildern von Engeln, wie du einer bist, geködert, um ja immer schön folgsam zu sein. Wobei wir natürlich den Himmel nicht vergessen dürfen, in dem wir die holden Engelein treffen werden. Und ich habe geglaubt, der Himmel sei für Tag und Nacht, für Sonne und Mond zuständig; meinetwegen auch noch für Regen, Schnee oder Sonnenschein."

Gottfried bemerkte, dass er sich auf dünnem Eis bewegte und kehrte vorsichtshalber zu seinem ursprünglichen Thema zurück.

„Und dann habe ich mir, ebenso wie viele andere aus meinem Bekanntenkreis, gelegentlich den einen oder anderen Scherz über die Götter erlaubt. Oder besser gesagt, ging es eigentlich dabei immer um die Kirche. Es war nur harmloser Spaß. Na ja, harmlos waren die Scherze aus meiner Sicht. Man kann ja nie sicher sein, ob die Betroffenen selbst, auch ihren Spaß an unserem Blödsinn hatten."

Gottfried rechnete damit, dass Michaela ihn für seine Verfehlungen tadeln würde, stattdessen bat sie ihn auf einen Hinweis über seinem Spiegelbild zu achten. Er blickte folgsam nach oben und sah über seinem neuen, fantastischen Spiegelbild, ein merkwürdiges, fluoreszierendes Licht, aus dem sich langsam ein dezenter Hinweis heraus kristallisierte. Dieser Hinweis betraf zweifellos ihn, denn es teilte ihm unmissverständlich mit: der nächste bitte!

„Das soll vermutlich heißen, dass ich mich von hier

entfernen soll. Mit den Anordnungen nehmen sie es hier ja so genau, wie in den Behörden auf der Erde."

Himmlische Antworten

Ein letzter, sehnsüchtiger Blick in den Spiegel; dann trennte er sich schweren Herzens von Michaela und seinem jugendlichen Spiegelbild.

Als er sich noch einmal umdrehte, um zu sehen, wem er seinen Platz überlassen musste, sah er, dass die Gestalt, die ihm in großem Abstand auf seinem Weg gefolgt war, inzwischen nur noch wenige Meter hinter ihm stand und nun seinerseits darauf wartete, ans Fenster treten zu dürfen.

Es war ein noch recht junger Mann, der seiner Kleidung nach, aus einem islamischen Land stammte. Als er näher kam, nickte Gottfried ihm freundlich zu und fragte sich unwillkürlich, warum ein Mann in so jungen Jahren schon nicht mehr unter den Lebenden weilte.

Dann schaute er noch einmal zum Fenster, um sich mit einem letzten, schmachtenden Blick von Michaela zu verabschieden, musste aber enttäuscht feststellen, dass schon ein anderer Engel ihren Platz eingenommen hatte.

„Hier scheint ja jeder den zu ihm passenden Engel zu bekommen", murmelte er dann doch zufrieden, denn der Gedanke, dass Michaela auch all die anderen Männer, die ihm noch folgen sollten, mit ihrem Charme in Empfang nehmen würde, hatte ihm überhaupt nicht gefallen. Dann stutzte Gottfried beim Betrachten seines nachfolgenden Anwärters auf einen Platz im Himmel.

„Wieso kommt ein Moslem eigentlich in denselben Himmel wie ich? Warum hält Allah nicht für die Anhänger des Islam einen eigenen Himmel bereit oder das Paradies, wie sie es nennen? Oder war es vielleicht doch der Garten Eden? Verflixt, ich glaube, da bringe ich wohl schon so einiges durcheinander."

Letzten Endes war es ihm heute genauso scheißegal wie gestern.

„Wenn es so weit ist, werden die mir schon sagen, wo es lang geht, und wo ich meinen Platz finde. Andererseits kann es hier oben, genauso wie unten in der Hölle, auch ziemlich hoch hergehen. Oder werden die, die sich auf der Erde, also im richtigen Leben, gegenseitig die Köpfe eingeschlagen haben, wenn sie hier Seite an Seite leben, miteinander zurechtkommen?"

Abwägend dachte er einen Moment über seine Einstellung nach und korrigierte sich dann einsichtig: „Eigentlich bin ich ja derjenige, der hier überhaupt nichts zu suchen hat. Denn bei meiner Einstellung zur Religion, dürfte es nach meiner Vorstellung, weder Himmel noch Hölle geben."

Er drehte sich noch einmal nach dem Moslem um, für Gottfried gab es inzwischen keinen Zweifel mehr, dass der junge Mann dem Islam angehörte, und entdeckte erst jetzt die blauroten Striemen am Hals des bedauernswerten Burschen.

Gottfried lief ein eiskalter Schauer über den Rücken. Für ihn gab es zunächst nur eine Erklärung dafür: „Das ist einer von den Menschen, die keinen Ausweg mehr aus ihrer Misere gefunden haben; die bis zum Hals in Problemen stecken, die sie nicht mehr in den Griff bekommen. Die einzige Kraft, die sie dann noch aufbringen können, ist die, ihrem Leben ein Ende zu setzen."

Doch dann bezweifelte er plötzlich, denn er wusste nicht, ob Selbstmörder in den Himmel kommen.

„Soviel ich weiß, haben sie doch eine Sünde begangen, und somit kein Recht darauf, sich hier im Himmel herumzutreiben."

Gottfried kam langsam wieder zur Vernunft. „Mir steht doch sicher nicht zu, Urteile über andere Menschen zu fällen. Ich sollte mich lieber um meinen eigenen Kram kümmern."

Er schüttelte sich einmal wie ein nasser Hund und kam auf den Boden der Wolken zurück.

„Wenn ich mich recht erinnere, kommen Selbstmörder direkt in die Hölle. Sollte das hier allerdings nun doch die Hölle sein, so werden sie ebenso wenig wie ich, mit ihrer Strafe ein Problem haben. Im Übrigen ist mir völlig egal, wie sie den Platz nennen, an dem ich mich gerade aufhalte. Solange es mir hier dermaßen gut gefällt, können die Teufel oder Götter, es nennen wie sie wollen."

Um es sich nicht mit den Göttern zu verderben, ging Gottfried einfach weiter in die Richtung, die ihm mit den leuchtenden Wegweisern vorgegeben wurde. Immer, wenn er einige Schritte gegangen war, tauchte unter ihm ein neuer Pfeil in dem matt leuchtenden Dunst, des wolkigen Umfelds seiner neuen Heimat auf.

„Die scheinen hier ja sehr besorgt zu sein, dass ich mir meinen eigenen Weg suchen könnte. Dabei hab' ich nicht die geringste Idee, wo ich in diesem Meer aus Wolken hingehen sollte. Die einzige Orientierung, die ich habe, sind doch diese lästigen Hinweise, an denen man gar nicht vorbeisehen kann. Die hätten mir auch ruhig so ein schönes Paar Flügel verpassen können, wie sie die Engel haben. Es ist zwar nicht anstrengend sich hier zu bewegen, aber fliegen wird bestimmt einen Riesenspaß machen."

Statt sich über die fehlenden Flügel zu ärgern, atmete er einmal tief durch und spürte, wie die neugewonnene Jugend, seinen Körper mit der neuen Energie auftankte.

„Habe ich ein Problem? Nein – ganz bestimmt nicht."
Doch dann fühlte er sich wieder einsam.

Voller Hoffnung, doch nicht allein zu sein, drehte Gottfried sich noch einmal um.

„Da kommt der junge Bursche schon", stellte er mit Freude fest, „ob ich auf ihn warten sollte? Ich würde jetzt unheimlich gern mit jemandem über diese ganze Geschichte reden. Es würde mich nicht wundern, wenn wir uns, ohne die geringsten Sprachprobleme unterhalten könnten. Ich kann mir gut vorstellen, dass alle, die hier sind, die gleiche Sprache sprechen. Schließlich sind wir laut Michaela im Himmel. Da sollte so etwas doch möglich sein."

Sein Wunsch, auf den jungen Mann zu warten, wurde sofort durchkreuzt, denn die aufgeregt im grellroten Licht flackernden Worte: „Bitte sofort weitergehen", wirkten schon fast wie die letzte Warnung, auf die eine drastische Strafe folgen würde. Doch Gottfried wurde durch seine neu gewonnene Jugend beinahe ein wenig übermütig.

„Was kann mir schon groß passieren, wenn ich trotz Ermahnung einfach stehen bleibe, um auf den Moslem zu warten? Tot bin ich doch ohnehin schon und Schmerzen soll ich angeblich auch nicht mehr empfinden."

Doch bevor er sich unnötigen Ärger einhandelte, fiel ihm noch rechtzeitig ein, dass der oder die, denen er sein neues Lebensgefühl zu verdanken hatte, zweifellos auch die Macht besaßen, ihm auch wieder Schwierigkeiten zu bereiten. Dazu wollte er den Verantwortlichen, wer auch immer das sein mochte, lieber keinen Anlass geben. Denn Gottfried bekam schon jetzt, viel mehr in seinem neuen Dasein geboten, als ihm das absolute Nichts jemals hätte bieten können. Obwohl er es sich doch vor wenigen Minuten noch so sehr gewünscht hatte, hätte er gern auf die vielen Annehmlichkeiten gepfiffen, wäre da nicht dieser wunderbare Engel vor ihm erschienen.

„Na ja – das absolute ‚Nichts' wäre wohl auch nicht so toll, weil ich die wohlverdiente Ruhe nicht hätte genießen können, denn schließlich wäre ich tot und würde nicht mehr existieren, und …"

schlagartig dachte er wieder an Michaela.

„Ich darf kein Risiko eingehen und etwas Unerwünschtes anstellen, wodurch ich so unangenehm auffallen würde, dass sie mich hier in hohem Bogen wieder hinausschmeißen."

Und deshalb wollte er sich lieber an die göttlichen Hinweise halten.

Schon nach wenigen Augenblicken des leichten Umherwanderns, tauchte aus den Nebelschwaden ein Gebäude auf, von dem er nichts weiter sehen konnte, als eine weiße, endlos erscheinende Wand, die sich links und rechts in den Wolken verlor. Soweit er die Wand auch absuchte, konnte er nirgends ein Ende entdecken, nicht einmal ein Fenster. Alles, was er sah, war lediglich eine weiße, reichlich mit Gold verzierte Tür.

Auf dieser Tür stand in feinen, schwungvollen Lettern, natürlich aus purem Gold, geschrieben:

„Himmlische Antworten".

Leuchtende Augen

„Fragen hab' ich jede Menge", dachte Gottfried, „wollen wir doch mal sehen, ob ich hier auch die passenden Antworten dazu finde."

Noch bevor er klopfen konnte, erstarrte seine erhobene Hand in der Bewegung, denn die Tür öffnete sich selbsttätig wie von Geisterhand, noch ehe er sie berühren konnte.

Sofort suchten seine Augen in der offenen Tür etwas zu erkennen, doch sie starrten erfolglos in die vertrauten Wolkenschwaden. Seine Enttäuschung wurde jedoch schnell durch eine erfreulich warme Stimme erlöst, die ihm lieblich entgegen raunte: „Komm nur rein, Gottfried, wir warten schon auf dich."

Einer so liebenswürdigen, warmherzigen Einladung, konnte und wollte er sich natürlich nicht widersetzen. Also trat er wie gewünscht durch die Tür, hinein in die Nebelschwaden, die sich sofort lichteten und Gottfried zunächst völlig sprachlos werden ließen. Doch in Sekundenschnelle hatte er sich wieder gefasst und begriff überglücklich, dass er dem einzig vertrauten Wesen in dieser Wolkenlandschaft gegenüberstand: Nämlich seinem lieb gewonnenen Begrüßungsengel, von dem er sich gerade vor einigen Momenten so schwer getrennt hatte. Und siehe da, schon stand Michaela wieder freudestrahlend vor ihm.

„Ich habe mich schon auf dich gefreut, Gottfried. Wie geht es dir? Ich hoffe, du hast dich bereits ein wenig mit deinem neuen Körper angefreundet."

Mit einem verschmitzten Grinsen, welches Gottfried einem Engel nicht zugetraut hätte, fügte sie wie beiläufig hinzu, „Du hast dich gewissermaßen in jeder Hinsicht verbessert, da sollte es dir verhältnismäßig leicht fallen, mit der Umstellung auf deinen jungen Geist und Körper zurechtzukommen. Zumal du noch immer über deinen, wie gewohnt, sehr ausgeprägten Erfahrungsschatz verfügst."

Gottfried sah sie wohl sprechen und konnte sie auch hören, trotzdem verstand er kaum ein Wort, von dem, was sie sagte. Seine Freude über ein so schnelles Wiedersehen in dieser neuen, so unglaublich fremden Welt, hatte ihn vollkommen überwältigt und zunächst schweigsam gemacht. Dieses beinahe schon, als vertraut zu bezeichnende Wesen, hatte sein Herz, vom ersten Augenblick an, im Sturmlauf erobert.

„Gottfried, ich glaube, du hörst mir gar nicht zu. Ich möchte dir aber dringendst dazu raten. Vor allem, wenn du den Saal hinter der nächsten Tür betrittst. Dort wirst du mit all den anderen, ehemaligen Erdbewohnern zusammensitzen und bis ins Kleinste über die Dinge informiert werden, die euch, wenn ihr neu eingetroffen seid, so brennend interessieren."

Sie schwenkte ihre geöffnete Hand vor seinen Augen herum und fragte ihn, ob er ihr nun endlich zuhören würde. Und tatsächlich, Gottfried hatte, auf die für einen Engel ungewöhnliche Geste, reagiert. Er hatte sich tatsächlich wieder gefangen und nickte ein wenig verlegen.

„In dem großen Saal, zu dem ich dich jetzt führe, wird man euch nicht nur erklären, warum ihr hier seid, sondern auch, was von euch erwartet wird."

Durch die letzte Bemerkung witterte Gottfried sofort einen fadenscheinigen Betrug, der einen ziemlich hässlichen Kratzer in seinem Wohlbefinden hinterließ.

Kaum fühlt man sich rundum wohl, kommen sie einem auch schon mit Bedingungen. Sollte sich etwa herausstellen, dass das erhoffte, absolute „Nichts" doch die bessere Wahl gewesen wäre? Aber eigentlich hatte er ja nie wirklich eine Wahl gehabt. Denn dieses heimelige Wolkenreich hatte man ihm ja, ohne dass man ihn gefragt hätte, unverhohlen vor die Nase gesetzt. Hätte er denn nicht doch lieber nur tot sein können? Daran hätte bestimmt niemand Bedingungen geknüpft.

Das viel gepriesene „Ruhe in Frieden", hat also keineswegs die Bedeutung, die für die letzte Ruhestätte so leichtfertig prophezeit wird.

„Nun gut, bisher hab' ich hier nur die besten Erfahrungen gemacht, da kann ich mir ruhig einmal anhören, was von mir als Gegenleistung erwartet wird."

Noch immer, angesichts der Hinterlist, ein wenig geknickt, dachte Gottfried an sein altes Dasein zurück: „Wie oft in meinem Leben musste ich mir schon anhören, ‚nur der Tod ist umsonst', und nun haben sie mich schnell eines Besseren belehrt."

Aber andererseits war da ja immerhin noch Michaela. Um in ihrer Nähe bleiben zu dürfen, würde er eine ganze Menge Beschwerlichkeiten auf sich nehmen.

„So ist es recht", sagte Michaela mit einer bezaubernd klingenden Stimme, die jede nüchterne Sachlichkeit vermissen ließ, „sei doch erst einmal darüber froh, dass du hier oben bei uns gelandet bist."

Kurzzeitig hielt sie inne, um dann ein wenig ernsthafter fortzufahren.

„Dir sind doch sicher die armen Seelen nicht entgangen, die in die Tiefe gefahren sind". Ein leichter Schauer ließ sie frösteln.

„Die Bedauernswerten, die in der ewigen Finsternis ausharren müssen, ohne jede Aussicht auf Veränderung oder Abwechslung. Die haben wirkliche Qualen auszustehen. Denn ihnen bleibt nichts anderes übrig, als bis in alle Ewigkeit leidend, über ihre meistens leichtfertig begangenen Sünden nachzudenken."

Sie schüttelte sich noch einmal kurz, um sich dann mit langsam aufhellender Mine wieder ihrem Gottfried zu widmen.

„Habe ich eigentlich erwähnt, dass mir, zumindest für

74

heute, die heikle Aufgabe zugewiesen wurde, dafür Sorge zu tragen, dass du in der Weite des Himmelreichs nicht dir selbst überlassen bleibst?"

Mit großer Zufriedenheit erkannte sie ein Leuchten in seinen Augen und fuhr erleichtert mit ihren Erklärungen fort.

„Nach der ersten Einführung musst du dann selbst entscheiden, ob ich weiterhin an deiner Seite bleiben soll, oder ob du die weiteren Wege lieber mit einem anderen Engel gehen möchtest. Solltest du allerdings daran denken ganz allein zu bleiben, so schlag dir das gleich aus dem Kopf. Das werden die Götter zu verhindern wissen.

Unerwartet schnell hatte sie ihr himmlisches Lächeln wiedergefunden und sah Gottfried nun in Erwartung der richtigen Antwort an.

Da er sich kaum etwas Erfreulicheres vorstellen konnte, als sie an seiner Seite zu haben, beantwortete er ihren fragenden Blick sofort mit begeisterter Zustimmung.

Dennoch musste Gottfried seinen ganzen Mut zusammennehmen, um ihr zu sagen, was sie hören wollte: „Ich kann mir nichts Angenehmeres vorstellen, als den Tag mit dir zu verbringen."

Ihre Wangen schienen ein wenig zu glühten, als sie sagte: „Mein lieber Gottfried, ich werde möglichst alles vermeiden, wodurch du deine Entscheidung bereuen könntest."

Außerhalb göttlicher Kontrolle

Geradezu feierlich öffnete Michaela geräuschlos die Tür zum göttlichen Auditorium. Mit einer würdevollen Geste bat sie ihn dann einzutreten, doch Gottfried blieb zunächst noch voller Ehrfurcht stehen und ließ seinen Blick langsam durch die antik anmutende Szenerie wandern.

Was sich vor seinen Augen ausbreitete, erinnerte ihn an Illustrationen der Theater des antiken Rom, oder war es vielleicht doch Griechenland? Aber da wollte er sich lieber nicht festlegen. Wo damals jedoch die Akteure des Theaters auftraten, beeindruckten ihn jetzt jeweils zwei Frauen und Männer in feierlichen, weißen Roben, die mit Goldbrokat verziert waren.

Sie saßen an einem schweren Tisch, der ebenso mit feinen goldenen Ornamenten und zahlreichen Schnitzereien versehenen war, wie die prächtigen Stühle mit den schulterhohen Rückenlehnen.

Zugegeben, die Szene wirkte ein wenig überladen und aus heutiger Sicht kitschig, hinterließ aber, vielleicht gerade deshalb, einen göttlichen Eindruck.

„Die vier, die da unten sitzen, sind keineswegs Götter, wenn sie auch in deinen Augen so aussehen mögen. Sie haben die Aufgabe, euch zu unterrichten und stehen euch deshalb hier täglich zur Verfügung. Sie werden euch alle Fragen beantworten, die wir mit dem Sinn eures Hierseins in Verbindung bringen können. Ganz gleich, ob es um Religion geht; euer Wohlbefinden im Himmelreich; die Missstände auf Erden oder die Aufgaben, die wir euch zugedacht haben."

Gottfried war noch ganz gefangen vom Anblick des faszinierenden Theaters. Er wusste nicht, was ihn mehr beeindruckte, die Größe, das erfreulich sonnige Licht, vielleicht aber auch die perfekte Wiedergabe des antiken Flairs oder die unglaublich bunte Mischung der Zuhörerschar.

Widerstandslos nahm er hin, dass Michaela ihn sanft aber bestimmt in den Saal schob.

„Wir sollten hier nicht schweigend in der Tür stehen bleiben, sonst glauben sie noch, du wolltest dich weigern, an ihren Unterrichtsstunden teilzunehmen. Lass uns gemeinsam hineingehen und nach einem geeigneten Platz Ausschau halten."

Michaela bemerkte seine Unsicherheit und fühlte sich

sofort dazu aufgefordert, ihm jeden Druck zu nehmen.

„Du musst heute noch nicht an der Diskussion teil-
nehmen. Niemand, der euch hier unterrichtet, erwartet
schon bei deinem ersten Besuch, dass du ihnen mit Fragen oder Antworten imponierst. Es genügt für den Anfang, dass du dich einfach hier auf eine Bank setzt und
zuhörst."

So geräuschlos wie sie die Tür geöffnet hatte, schloss
sie diese auch wieder hinter sich, schaute sich dabei suchend um und wies dann auf eine der steinernen Bänke,
auf der noch einige Plätze frei waren.

Nachdem sie sich nebeneinander gesetzt hatten, begann Michaela wieder auf ihn einzureden, ohne dass
auch nur einer der anwesenden Besucher Notiz von ihnen genommen hätte.

„Du fragst dich vermutlich, warum uns niemand
beachtet."

„Ja", sagte er perplex, „ich habe den Eindruck, als würden wir für die anderen gar nicht existieren."

„So könnte man es sehen. Tatsächlich ist es aber eher
so: wenn wir uns an ihren Gesprächen beteiligen, gehören wir zur Diskussionsrunde, wie jeder andere auch.
Solange nur wir beide uns miteinander unterhalten, können uns die Anderen weder hören noch sehen. Und glaube mir, das ist sehr viel praktischer, als du vielleicht auf
den ersten Blick erkennen wirst. Denn es bedeutet nicht
nur, dass wir auf diese Weise keinen Menschen stören,
sondern, was viel wichtiger und angenehmer ist, uns
stört auch niemand. Ich finde, das haben die Götter
wirklich ganz toll hinbekommen."

Gottfried konnte kaum glauben, welch merkwürdige

Gedanken einen Engel bewegten. Ein Engel, der in blütenweißer Reinheit vor ihm stand, so schien es zumindest, erweckte jetzt tatsächlich den Anschein einer beinahe menschlichen Sinnlichkeit. Er war zwar einigermaßen verwundert über diese Handhabung der Zusammenkunft, wollte sich aber aus verständlichen Gründen nicht dagegen auflehnen.

„Ja, eine feine Sache, das muss ich zugeben", sagte er deshalb, „aber den Göttern wird doch sicher alles zu Ohren kommen, was wir beide miteinander bereden."

„Nein, da mache dir mal keine Sorgen, das ist ja gerade das, was sie nicht wollen. Wenn ihr glaubt, sie bekommen jede Einzelheit von eurem Geschwätz und den überwiegend wirren Aktivitäten mit, irrt ihr euch gewaltig. Stell dir nur einmal vor, sie müssten sich ständig das unerträgliche Gebrabbel der Milliarden von Menschen anhören. Die Götter mögen mir meine saloppe Bemerkung vergeben, aber bei dem Geschnatter und Geplapper, würden ja selbst sie verrückt werden."

Das konnte Gottfried gut nachvollziehen. Er musste unwillkürlich schmunzeln, als er daran dachte, wie oft ihn schon so manches Gespräch, zwischen nur zwei Menschen, fast in den Wahnsinn getrieben hatte.

„Und es ist ja nicht damit getan, dass sie zuhören", fuhr Michaela fort, „sie müssten obendrein beurteilen, was richtig und was falsch gesagt und getan wurde, und dementsprechend handeln. Das heißt, sie müssten das Schlechte bestrafen und das Gute belohnen. Außerdem hätten sie nach euren Vorstellungen auch noch Wünsche zu erfüllen, die zu individuell sind und schon deshalb mit den Wünschen anderer Bittsteller nicht zu vereinbaren wären. Nein, mein Lieber, damit würden sie die Menschen auch nicht glücklicher machen."

„Was meinst du damit, dass Wünsche nicht vereinbar wären? Was haben meine Wünsche, mit den Wünschen anderer zu tun?"

„Nehmen wir mal ein Beispiel aus dem bei euch so beliebten Sport." Michaela hatte ihr liebstes und wirkungsvollstes Beispiel ausgepackt, obwohl sie nie begreifen konnte, weshalb sich die Männer, und zugegebenermaßen auch einige Frauen, so sehr dafür begeistern konnten.

„Woche für Woche treten, um nur mal eine Sportart herauszupicken, Fußballspieler zu Wettkämpfen gegeneinander an. Und wie üblich, schicken die meisten der ach so fairen Teilnehmer, vor Beginn eines Spiels ihre Gebete gen Himmel. In diesen Gebeten geht es immer wieder um den Beistand der Götter, die helfen sollen, den Gegner zu bezwingen. Also bitten sie alle mehr oder weniger darum, dass ihnen dieser oder jener Gott zum Sieg verhelfen möge. Wen, glaubst du, sollten die Götter bei all dem Bitten und Betteln unterstützen?"

Spontan konnte Gottfried darauf keine Antwort geben, weil er sich in seinem ganzen Leben, weder mit Gott noch sportlichen Wettkämpfen beschäftigt hatte. Doch einen Widerspruch in den Gebeten glaubte er schon zu erkennen.

Aber Michaela genoss ihren Redefluss so sehr, dass sie ihm ohnehin keine Zeit ließ, noch weiter über die Frage nachzudenken.

„Hast du überhaupt eine Vorstellung davon, wie viele Sportler gleichzeitig in einem Wettkampf antreten und dann auch noch für ihre albernen Spielchen um himmlische Unterstützung bitten? Ziemlich oft betreten sogar Menschen eine Sportarena, die sich eindringlich wünschen, Gott möge ihnen helfen ihren Gegner zu besiegen, obwohl sie, genau wie du Gottfried, nie in einem Gotteshaus waren, oder jemals zu einem unserer Götter gebetet haben. Es schert sie auch nicht, ob sie sich ehrenhaft verhielten, bevor sie Gott um Beistand baten. Und während des Wettkampfes missachten sie nahezu alle Regeln der Nächstenliebe. Dann schlagen, treten und betrügen sie ihren Gegner mit allen erlaubten und unerlaubten Mitteln, als hätte es nie überhaupt Gebote gegeben."

Michaela atmete tief durch und beendete ihren Vortrag mit einem zufriedenen Lächeln.

„Weißt du denn, was sie von ihren Göttern erwarten?", fragte Gottfried, um nicht nur als Zuhörer da zustehen. „Ich meine, welche Art von Hilfe erhoffen sich die Sportler denn überhaupt?"

„Keine Ahnung, es hört ohnehin schon lange keiner von uns mehr hin. Vielleicht bitten sie darum, schneller zu laufen als der Gegner oder ihn härter treten und schlagen zu können. Vielleicht möchten sie keine Schmerzen spüren, wenn der Gegner sie geschlagen oder getreten hat. Ich halte so ziemlich alles für möglich, solange es dem Bittenden nur einen Vorteil bringt.

Dazu kommen noch all die anderen Menschen, die, die wahrhaft gravierendere Probleme haben und Hilfe dringend nötig hätten. Und wie viele Menschen mögen wohl aus reiner Gewohnheit beten? Nur weil ihnen eine andere Person beibrachte, je öfter, je besser. Vor dem

Essen; nach dem Essen; vor dem Schlafengehen; nach dem Aufstehen und so weiter und so fort."

So langsam bekam Gottfried eine Vorstellung von dem Dilemma.

„Jetzt glaube ich langsam, dass man das Problem wirklich nicht mal so nebenbei lösen kann. Wenn ein Boxer darum bittet, schneller und härter schlagen zu können als sein Gegner, dieser aber seinen Gott um denselben Gefallen bittet, wird man in einer Sackgasse landen, aus der man so leicht nicht wieder heraus findet."

„Was die Götter den Boxern sagen müssten, werden alle beide nicht hören wollen", sagte Michaela schmunzelnd.

„Und das wäre?", fragte Gottfried neugierig.

„Wenn dich jemand schlägt, halte ihm auch die andere Wange hin." Woraufhin beide über die Vorstellung, ein getroffener Boxer würde seinen Gegner auffordern, ihm noch eine reinzuhauen, herzhaft lachen mussten.

„Und wie verhalten sich die Götter denen gegenüber, die gezwungen sind in den Krieg zu ziehen?", wollte Gottfried wissen. „Die würden doch nicht freiwillig den heimischen Herd verlassen wollen, um fremde Menschen abzuschlachten, oder sich selbst abschlachten zu lassen."

Gottfried war ziemlich erstaunt, dass sie sich beide, erst mit den lächerlichen Sportproblemen befasst hatten, anstatt sich mit wirklich ernsthaften Schicksalen zu beschäftigen.

„Ich bin mir nicht sicher, ob in Kriegsgebieten tatsächlich die meisten Gebete gen Himmel geschickt werden, aber berechtigter, als auf dem Sportplatz sind sie allemal."

„Aber auch in dem Fall passiert genau das Gleiche, Gottfried, nämlich nichts. Alle, die an einem Krieg beteiligten sind, wissen doch, dass es falsch ist zu töten. Warum, frage ich dich, bleiben sie dann nicht einfach alle zu Hause?"

„Weil sie höchstwahrscheinlich erschossen werden, wenn sie sich weigern, andere zu erschießen?"

Gottfried wurde Zeuge eines sehr ungewöhnlichen Vorfalls: Er konnte mit ansehen, wie ein Engel zornig mit dem Fuß in die Wolken stampfte, die daraufhin, wenn auch lautlos, aber dennoch heftig auseinander stoben.

„Sie bringen also lieber Menschen um, die sie nie zuvor gesehen haben; Menschen, die weiter nichts verbrochen haben, als in den Krieg zu ziehen, weil man sie sonst erschießen würde. Denn so ist es doch, wenn sie sich weigern, andere Menschen zu töten, geben ihre Vorgesetzten den Befehl, sie zu töten. Bemerkt denn bei euch da unten niemand den Wahnsinn, der in euren Handlungen steckt?"

Sie packte ihn am Arm und hätte ihn am liebsten, stellvertretend für die ganze Menschheit, kräftig durchgeschüttelt.

„Und deshalb beten sie lieber um Gottes Beistand. Wünschen sich, ihre Kugel möge den Gegner treffen und töten, bevor sie von der Kugel des Feindes getroffen werden. Wonach sollten die Götter urteilen? Wem sollen sie ihre Unterstützung geben?"

Und wieder gab sie ihm keine Gelegenheit zu antworten.

„Hat der die Hilfe verdient, der etwas schneller war? Oder der mit der besseren Aussprache? Arabisch soll ja seit einigen Jahrhunderten bei den Göttern sehr beliebt sein".

Gottfried musste unwillkürlich lächeln. Bei dieser einfachen, wenn auch logischen Sichtweise, konnte man nicht geteilter Meinung sein. Warum setzt sich dieser unkomplizierte, geradezu simple und zweifellos vernünftige Gedanke, nicht durch? Es müsste das Normalste von der Welt sein, wenn doch offenkundig jeder Mensch davon betroffen ist. Außer den Spinnern natürlich, die andere in den Krieg schicken, um irgendwelche verrückten Ideen durchzusetzen.

„Da wirst du recht haben, Michaela. Wenn alle zu Hause bleiben, bleiben auch alle am Leben."

„Nun ja, alle wohl nicht, wie du schon sagtest, aber zumindest beinahe alle, denn die ersten Aufwiegler würden sicherlich hingerichtet werden."

Nach diesem, für einen Engel ungewöhnlich heftigen Disput, brauchte sie eine kleine Denkpause, atmete einmal tief durch und gestand ihm dann: „Alles werde ich dir leider nicht erklären können, aber dafür haben wir schließlich unsere Experten, für die wir diese Einrichtung geschaffen haben. Das ist der Ort, an dem ihr all das erfahren werdet, was euch später weiterhelfen wird. Ihr müsst nur die richtigen Fragen stellen, dann werdet ihr von dem gezielt für euch geschaffenen Informations-Forum, die über jeden Zweifel erhabenen Antworten erhalten.

Aber eins kann ich dir schon jetzt verraten: Die Götter wollen euch und damit dieses ewige, nervige Geräusch in den Ohren, endlich loswerden."

Plötzlich hatte sie eine Idee, wie sie ihm das Problem verständlicher machen könnte.

„Bei euch ist es als Hörsturz oder auch als ein Klingeln in den Ohren', bekannt, obwohl es eher ein ständiges Surren oder Sausen ist, wie von einem Schwarm Hornissen. Letztlich läuft es aber auf das Gleiche hinaus: Es ist unglaublich lästig!"

Das konnte er gut nachvollziehen.

„Da muss ja wirklich eine ganze Menge unentwirrbares Gebrabbel zusammenkommen und die, die definitiv Hilfe benötigen, finden kein Gehör, wegen der zahllosen Egoisten, die sich mit göttlicher Hilfe Vorteile verschaffen wollen."

Michaela war ganz wonnetrunken. Endlich hatte auch sie einmal einen Mann gefunden, der nicht nur attraktiv und angenehm war, sondern obendrein auch noch verständnisvoll.

Gottfried, der noch vor kurzer Zeit, ohne jede Furcht, den kalten Atem des Todes freudig begrüßt hätte, sollte jetzt einfach nur darüber glücklich sein, statt alt, krank und von Schmerzen geplagt, sich jetzt wie neu geboren, jung und kräftig, im Himmel wiederzufinden.

Außerdem wollte ihm die vermutlich unwirkliche, jedoch bezauberndste junge Frau, die ihm jemals begegnet war, nicht von der Seite weichen. Das war zumindest das, was sie ihm versprach.

Und dennoch bedrückte ihn schon wieder etwas: Ihn beschlich furchtbare Angst, er könnte brutal aus diesem märchenhaften Traum gerissen werden, um in seinem alten und ziemlich schäbigen Leben wieder zu sich kommen.

„Sollte mich gleich jemand wecken, riskiert er sein Leben und ich würde vermutlich wahnsinnig werden", stammelte er.

Michaela trat näher zu ihm, legte eine Hand auf seinen Arm und erklärte ihm liebevoll: „Gottfried, du bist wach. Du bist zwar tot, aber wach. Es ist schwer zu verstehen, das wissen wir. Aber glaube mir bitte, das alles hier im Himmel, wird für jeden von euch, und zwar verhältnismäßig schnell, zur Normalität werden. Schon bald wirst du akzeptieren, dass du nicht mehr in deinem alten Leben feststeckst, ohne die geringste Aussicht auf Besserung. Und du wirst schon in absehbarer Zeit erfahren, wie du dich daraus befreien kannst. Jedenfalls hast du nicht zu befürchten, dass dich plötzlich jemand aus dem Schlaf holt und du dich wieder mit deinen alten Leiden herumplagen musst."

Sanft nahm sie seine Hände und strich mit den Daumen beruhigend darüber. Mit der liebevollen Geste wollte sie ihm ihre Zuneigung und Vertrauen vermitteln. Doch sie heizte dadurch nur zusätzlich seine Furcht an, jeden Augenblick aus einem wunderbaren Traum gerissen zu werden. Der Gedanke, jemals auf den innigen Einklang verzichten zu müssen, bereitete ihm körperlich und seelisch heftiges Unbehagen.

Michaela spürte, was in ihm vorging und packte ihn etwas fester an, um ihn dann scherzhaft hin und her zu schütteln, wobei ihre mächtigen Flügel im Rhythmus mitschwangen.

„Ist das ein Traum, Gottfried, glaubst du, ich bin ein Traum?"

87

Jetzt war sie endlich wieder zu ihm vorgedrungen.

„Du hast natürlich recht, Michaela, wenn du mich so fest anpackst, kann das unmöglich ein Traum sein."

Sie hatte Gottfried erneut von ihrer Existenz überzeugen können und atmete erleichtert auf.

Am liebsten hätte er sie fest an sich gedrückt, wurde sich dann aber noch rechtzeitig ihrer Flügel und der sakralen Umgebung bewusst und ließ es dann doch lieber bleiben. Was würden die Götter davon halten, wenn einer ihrer Engel, mit zerknitterten Flügeln zum Dienst erscheinen würde. Im Himmel hätte man ihm ein solches Verhalten sicher übel genommen, denn es würde vermutlich gegen jedes Keuschheitsgebot verstoßen. Zumal ein Engel im Spiel ist.

Da Michaela, wie übrigens alle Engel, mit einem sehr feinen Empfinden ausgestattet war, blieb ihr sein Wunsch nicht verborgen. Und wieder einmal verriet sie sich mit einem verzückten Vibrieren ihrer mächtigen Flügel. Wenn sie so aufgeregt war, wie in diesem Moment, konnte sie es beim besten Willen nicht unterdrücken. Gottfried, den das Zittern ihrer Flügel, jedes Mal wieder verwirrte, traute sich nicht zu fragen, was es damit auf sich hatte. Er traute sich schon gar nicht, den Verdacht zu erwähnen, der ihn seit ihrer ersten Berührung beschäftigte.

Doch Gottfried wäre nicht Gottfried, wenn er sich in seinem neuen Entzücken nicht schon wieder bedroht fühlen würde. Die Ungewissheit der bevorstehenden Aufgabe, die Michaela erwähnt hatte, beunruhigte ihn. Besonders belastete ihn, dass er keine Ahnung hatte, worum es dabei gehen sollte.

„Warum ist es mir nicht möglich, mein neues Dasein wenigstens für eine Weile zu genießen? Stattdessen werde ich jetzt pausenlos mit allen erdenklichen Informationen vollgestopft. Kann ich denn nicht einmal im Himmel meine Ruhe haben? Ich würde mich gern für einige Zeit zurücklehnen und, wenn möglich, meinen Kopf wenigstens so lange abschalten, bis ich mich ein wenig an die neuen Umstände gewöhnt habe."

„Oh Gottfried, entschuldige bitte, dass ich dich so überfordert habe", sagte Michaela ein wenig geknickt, „ich möchte immer alles auf einmal machen, obwohl uns genug Zeit zur Verfügung steht, damit ihr euch in aller Ruhe einlebt, äh ... eingewöhnt."

„Versteh mich bitte nicht falsch, ich würde am liebsten jede Minute mit dir zusammen sein, aber in meinem Kopf dreht sich mittlerweile schon alles. Es ist so viel über mich hereingebrochen, dass ich im Moment nicht weiß, wie ich das alles verarbeiten soll. Wenn nun auch noch pausenlos neue Eindrücke hinzukommen, fürchte ich, dass mein restlicher Verstand auch noch den Bach hinuntergeht.

Mein Körper ist zwar wie neu, aber mein Hirn ist noch immer das alte; vollgestopft mit den Erlebnissen aus dreiundneunzig Jahren. Und die muss ich jetzt erst einmal in aller Ruhe neu einordnen.

Natürlich erlebe ich anscheinend genau das, was sich wohl jeder Mensch schon zigmal in seinem Leben gewünscht hat: wieder ganz von vorn zu beginnen, und zwar ohne auf die Lebenserfahrung verzichten zu müssen. Doch wenn man dann tatsächlich die Chance erhalten hat und plötzlich wahrhaftig vor der Erfüllung dieses

Lebenstraumes steht, so fühlt man sich wie gelähmt und ohnmächtig. Man starrt zwar nicht hilflos wie das Kaninchen auf die Schlange, aber zumindest braucht doch ein wenig Zeit, um sich mit diesem Wunder zu befassen und sich darin zurechtzufinden."

Michaela fühlte sich nach der, wenn auch ziemlich eigenartigen Beschreibung seiner Gemütsverfassung, im siebten Himmel wieder. Und wieder einmal dankte sie den Göttern für die ausgesprochen angenehme Einrichtung.

„Und ich Dummerchen hatte Angst, du wolltest mir aus dem Weg gehen, dabei brauchst du nur deine wohlverdiente Zeit, um die Ereignisse zu verarbeiten."

Verschämt senkte sie den Kopf und sagte kleinlaut: „Es wird höchste Zeit, dass ich mich wieder mehr auf meine Aufgaben konzentriere, sonst muss ich bald zum Chef und dann gibt es einen Rüffel, der sich gewaschen hat."

Sie richtete sich wieder auf und sagte: „Na, dann werde ich dir jetzt zeigen, wo du auftanken kannst", sagte sie erleichtert.

„Es geht doch", dachte Gottfried und fühlte sich sofort viel besser.

Michaela nahm ihn bei der Hand, was ihn fast um das letzte bisschen Verstand brachte, immerhin war ihm noch ein wenig davon verblieben und führte ihn geradewegs in die nächstbeste Wolke, die ihnen wie auf Bestellung vor die Füße geweht kam.

Mehr kann sich ein verstorbener alter Sack wie ich nun wirklich nicht wünschen.

Die neue Unterkunft

Schon nach wenigen federleichten Schritten, verlor sich der Nebel wieder und gab den Blick auf einen weitläufigen, herrlichen Park frei. Auf der linken Seite endete das erfrischende Grün an der Mauer eines großen Gebäudes. Hinter vier prächtigen Marmorsäulen befand sich ein pompöser Eingang.

Der Anblick des vermutlich göttlichen Portals, beeindruckte Gottfried so ungemein, dass er seine Schritte verlangsamte und schließlich staunend vor den weitläufigen Treppen stehen blieb.

Eben noch gingen sie durch den dichten Nebel einer feuchtwarmen Wolke und blickten nun unvermutet auf einen weiten, sommerlichen Himmel, deren makellose Sonne die beiden Besucher in behagliche Wärme hüllte. Zu allem Überfluss rundete der Gesang exotischer Vögel die paradiesische Vollkommenheit ab.

Als er sich einigermaßen von dem überwältigenden Anblick erholt hatte, erinnerte er sich an den Engel – seinen Engel – der ihn noch immer an der Hand hielt und fragte ihn:

„Michaela, muss ich hier jemals wieder weg?"

Da sie ihm jedoch nicht antwortete, löste er sich für einen Moment vom Anblick dieses zauberhaften Paradieses, um sich fragend nach seinem Engel umzudrehen. Doch was er sah, legte sich wie Frost über sein berauschendes Glücksgefühl.

„Aber Michaela, du weinst ja", ihm war, als würde sein Glück durch ihr Unglück bedroht.

„Was ist passiert", versuchte er es erneut, „was ist mit dir?"

„Ach Gottfried, es ist so schön, mit dir hier zu sein, dass ich einfach nicht anders kann, als vor Freude zu weinen".

Ein verschwommenes Lächeln erschien in ihrem zauberhaften Gesicht und die Sonne glitzerte in einer kullernden Freudenträne wider, wie ein kleines, funkelndes Sternchen.

„Komm mit", sagte sie, nachdem sie sich beruhigt hatte, „ich bringe dich bis zum Portal eurer Unterkunft, dort wird man dir dann weiterhelfen. Und vergiss nicht, wann immer du mich sehen möchtest, ich werde für dich da sein."

Da sie ihr gemeinsames Ziel vor Augen hatten, ließ

sie seine Hand widerstrebend los, denn sie wollte ihn ja nicht wie ein Kleinkind zu seiner neuen Unterkunft führen. Außerdem war sie jetzt davon überzeugt, ihm noch oft genug nahe zu sein und ihn berühren zu dürfen.

„Und wenn er erst zur Ruhe gekommen ist", dachte sie zuversichtlich, „wird auch er sich nach meinen Berührungen sehnen."

Schweigend, beide in ihren gleich gesinnten Gedanken versunken, erreichten sie viel zu schnell den prunkvollen Eingang.

Hier wartete die unvermeidbare, vorübergehende Trennung auf sie.

„Gehe durch die Tür hinter den Säulen, dort wird man dir weiterhelfen. Vergiss bitte nicht, wenn du mich brauchst, oder mich vielleicht nur sehen möchtest, bin ich immer für dich da. Es gibt allerdings eine Einschränkung", fügte sie schnell hinzu.

„Wir dürfen euch nicht innerhalb eurer Unterkünfte besuchen. Die Götter sind überzeugt, dass dadurch nur unnötige Unruhe entstehen würde."

Mit einem spitzbübischen Lächeln gab Michaela zu verstehen, dass die Götter mit dieser Einschätzung wohl nicht so ganz im Unrecht waren.

Nachdem sie sich voneinander verabschiedet hatten, dachte Michaela über diese merkwürdige Situation nach. Sie hatte, bis auf wenige Ausnahmen, die es natürlich immer wieder gibt, eigentlich jedes Mal Freude an ihrer Aufgabe gehabt. Aber was sich jetzt zwischen ihnen abspielte, war vollkommen neu für sie. Gottfried war im Begriff, ihr Ansehen als ehrbarer Engel zu gefährden. Sie war sich nicht einmal im Klaren darüber, welche Folgen es für sie haben könnte. Jedenfalls schien er tatsächlich in der Lage zu sein, sie aus der vorgeschriebenen Bahn zu werfen. Oder war es schon passiert und sie hatte die Konsequenzen noch nicht zu spüren bekommen?

„Es kribbelt angenehm warm in meinem Inneren und lodert so turbulent in meinem Herzen, dass ich mich kaum noch auf meine Aufgaben konzentrieren kann.

Hätten wir nicht auf demselben Weg und zur selben Zeit im Himmel eintreffen können? Dann müsste ich mich nicht an die Regeln der Götter halten, denn Gottfried und ich würden die gleiche Stellung einnehmen, wie alle anderen Neuankömmlinge auch. Dann würden wir uns den lieben langen Tag im Auditorium aufhalten, nur zu unserem Vergnügen.

Michaela spürte, dass ihr nicht nur warm ums Herz wurde, die Wärme ergriff auch von ihren Wangen Besitz.

Sie blieb allein, vollkommen verwirrt und hilflos zurück.

Als sie Gottfried die vierzig Marmorstufen zum Eingang hinaufsteigen sah, hatte sie Angst, die Götter würden sie wieder von ihm abziehen. Dann würde sie ihn für immer aus den Augen verlieren. Bei diesem Gedanken schienen sich die sonnigen Schäfchenwolken, in bedrohliches Dunkelblau zu verfärben.

Schwermut war bei Engeln als Gemütsverfassung eigentlich nicht vorgesehene. Doch dann drehte Gottfried sich auf der letzten Stufe noch einmal nach ihr um und winkte ihr lächelnd zu. Diese kleine Geste genügte schon, um ihr Herz wieder zu kleinen Freudensprüngen zu ermuntern.

Michaelas Gefühlsleben glich zurzeit einem Häuf-
chen trockener Herbstblätter, die vom Wind mal hierhin,
mal dorthin gewirbelt wurden. Sie schien ihre Stimmung ebenso wenig unter Kontrolle zu haben, wie ihre
Flügel, denn sie verrieten ein weiteres Mal, durch ihr ty-
pisches, leichtes Schwirren, in welch hitzige Verzückung sie durch Gottfrieds Anblick geriet.

Auskunft und Anmeldung!

Als Gottfried auf der letzten Stufe stehen blieb, um sich
noch einmal nach seinem geliebten Engel umzudrehen,
überfiel ihn ein schmerzliches Gefühl der Einsamkeit.
Obwohl er sich im Himmel befand, wo es ihm an nichts
fehlen sollte, hätte er sich doch eigentlich wohlfühlen
müssen. So jedenfalls, war es ihm zu Lebzeiten immer
wieder zu Ohren gekommen. Doch jetzt war er gerade
eingetroffen und schon fehlte es ihm an dem, was ihm
am wichtigsten war.

„Es hilft ja nichts", versuchte er sich selbst zu trösten,
„wenn ich diese unglaublichen, neuen Erlebnisse ohne
geistigen Schaden überstehen will, muss ich gezwunge-

nermaßen eine Weile mit meinen Gedanken allein sein. Solange Michaela in meiner Nähe ist, kann ich ohnehin an nichts anderes denken als an sie. Ich weiß ja noch nicht einmal, ob es mir gelingt, wenn ich allein bin.

Damals, in meinem wahrlich langen und realen Leben, hatte mich nicht eine der vielen, vorwiegend liebenswerten Frauen, so verzaubern können, wie dieses himmlische Wesen. Sollte meine liebe Hilde, die schon vor sehr langer Zeit von mir gegangen ist, bei uns im Himmel sein, so würde sie mir meine Gefühle sicherlich verzeihen. Sie wüsste bestimmt, wie bezaubernd diese Engel sind, weil sie schließlich auch einen an ihrer Seite haben würde.“

Bei diesem Gedanken wurde ihm erst bewusst, wie ähnlich sich Hilde und Michaela doch vom Wesen her sind. Und er fragte sich, ob es purer Zufall war, oder ob die Götter sich ihrer Fähigkeiten bedienten, um ihn durch Michaelas Ähnlichkeit mit Hilde, noch besser beeinflussen zu können.

Aber wozu soll ich mir darüber den Kopf zerbrechen, ich werde lieber dankbar sein und all das genießen, was mir hier geboten wird. Das ist auf jeden Fall besser, als alles und jedes immer nur kritisch zu hinterfragen.“

Mittlerweile waren seine Schritte schon sehr langsam geworden, vermutlich weil ihn die Angst beschlich, Michaela für immer aus den Augen zu verlieren.

Gottfried war in seiner Jugend zwar kein Kostverächter gewesen, doch nahm er nicht blindlings jede Gelegenheit, die sich ihm bot, auch tatsächlich war. Dennoch war er einigen jungen Mädchen und Frauen begegnet, die ihm immerhin so viel bedeutet hatten, dass er sich auch heute noch gern an sie erinnerte. Und darunter waren nicht wenige, die er entweder als schön bezeichnen würde, oder wenigstens sehr ansehnlich; einige waren obendrein sogar recht sympathisch und humorvoll, aber keine von ihnen hatte alles so in sich vereint, wie sein Engel.

„Ich weiß nicht einmal, ob jeder Engel so perfekt ist", fragte er sich verwundert, „denn bisher habe ich ja noch keinen weiteren zu Gesicht bekommen". Doch dann erinnerte er sich an seine Ankunft.

„Richtig, da kam doch noch jemand nach mir und ging ebenfalls zur Anmeldung. Und seinetwegen hatte Michaela sich von mir verabschieden müssen. Denn sie hatte ihren Platz zu räumen, um ihn dem Engel zur Verfügung zu stellen, der für die Begrüßung des nächsten Ankömmlings zuständig war."

Aus seinem Blickwinkel und über die ziemlich große Entfernung, hatte er nur sehen können, dass der nächste Engel schwarze Haare und eine schöne, exotische Hautfarbe hatte. Vermutlich genau auf den Herrn mit der arabischen Kleidung abgestimmt, der auf Gottfried folgte.

Während sich seine Gedanken mit dem Araber beschäftigt hatten, trat Gottfried, noch immer etwas verunsichert, durch die riesige, prunkvolle Flügeltür in die Halle. Sofort suchten seine Augen den weitläufigen, menschenleeren Saal ab.

Die Deckenlampen waren nicht, wie es so oft in großen Empfangshallen zu sehen war, mit einem schrecklich kalten Neonlicht ausgestattet. Stattdessen ging ein angenehm warmes Licht von einer Quelle aus, die nicht genau auszumachen war und durchflutete den Saal mit wohltätiger Helligkeit.

„Hier ist wohl alles warm", murmelte Gottfried schmunzelnd, „die Luft ebenso wie das Licht. Und wenn ich Michaela sehe, wird mir so warm ums Herz, dass ich alles um mich herum vergessen könnte."

Auf der rechten Seite, ganz hinten am Ende der gewaltigen Empfangshalle, entdeckte er ein Fenster, das ihn an den Moment seiner Ankunft erinnerte. Es vermittelte auch hier die typische, schmuck- und ideenlose Atmosphäre der Behörden. Er schlenderte darauf zu, weil er ohnehin nicht wusste, was er hier sonst hätte anstellen sollen, außer vielleicht auch noch an Langeweile zu sterben, soweit das denn noch möglich wäre.

Über dem Fenster hing ein Schild, auf dem, in einem Schriftbild aus längst vergangenen Tagen, zu lesen stand:

Auskunft und Anmeldung!

„Na fein", dachte er, „zumindest die Auskunft wird mir hoffentlich weiterhelfen."

Fest entschlossen und erwartungsvoll ging er sofort auf das Fenster zu.

Was er dann hinter dem Glas sah, überraschte ihn nicht nur, es traf ihn mitten ins Herz. Denn hinter der Glasscheibe saß ein zufrieden schmunzelnder Engel.

Nicht etwa ein beliebiger Engel – nein, es war sein Engel!

So wie Michaela mit gekreuzten Armen dasaß, schien sie ihn schon zu erwarten. Und es war nicht zu übersehen, wie sehr sie seinen verblüfften Gesichtsausdruck genoss.

Obwohl sie sich offensichtlich über ihn lustig machte, wollte er vermeiden, unnötig Zeit zu verlieren. Also drückte er eifrig, als hätte er sie schon seit einer Ewigkeit nicht mehr gesehen, auf den, von seiner Ankunft her noch vertrauten Knopf neben dem Fenster, damit es sich so schnell wie möglich öffnete.

„Michaela", stieß er überglücklich hervor, „du sagtest doch, du darfst nicht …"

„Immer wenn du mich sehen möchtest", unterbrach sie ihn ungeduldig, „werde ich für dich da sein. Aber das gilt in diesem Gebäude leider nur innerhalb der Empfangshalle. Hinter diesem Fenster und an der Tür, die zu euren Wohnungen führt, ist für uns leider Schluss."

„Dann werde ich mich natürlich nicht länger, als unbedingt nötig in der Wohnung aufhalten."

Worauf Michaela abwehrend den Kopf schüttelte. „Nein, nein, Gottfried, auch du wirst deine Zeit benötigen, um wieder zu dir selbst zu finden, also nimm sie dir. Wir werden uns noch oft genug sehen, wenn du dich hier bei uns erst wie zu Hause fühlst."

Gottfried drehte sich spontan um, als er hörte, dass sich hinter ihm eine der gläsernen Türen öffnete, die hinaus in den Garten und zu den dahinter liegenden Unterkünften führte.

Ein junger Mann kam gerade aus dem Garten und durchschritt zielstrebig die Halle. Er eilte gruß los an ihnen vorbei, als hätte er einen dringenden Termin wahrzunehmen. Noch bevor er mit raschen Schritten den

Ausgang erreicht hatte, sagte Gottfried aufgeregt: „Den hab' ich schon an einem anderen Ort gesehen", „aber ich habe nicht die geringste Ahnung, wo? Ich habe in meinem Leben keinen Kontakt zu Arabern gehabt."

Erneut schüttelte Michaela den Kopf. Diesmal aber verständnisvoll aufgrund seiner überforderten Sinne und fügte mit ihrem verschmitzten Lächeln an: „Gottfried, wo bist du nur mit deinen Gedanken? Natürlich hast du ihn schon gesehen. Das ist doch der Mustafa, der gleich nach dir zu uns in den Himmel kam. Erinnerst du dich wirklich nicht an ihn?"

„Doch, doch, jetzt fällt es mir wieder ein. Das ist der, der bei seiner Ankunft noch diese hässlichen Verletzungen am Hals hatte. Daran hätte ich ihn natürlich sofort wiedererkannt, aber davon ist ja nicht die geringste Spur zu sehen".

Fragend blickte er Michaela an, „Wo sind denn die Wundmale abgeblieben?"

„Ich wünschte, du würdest zur Abwechslung wieder einmal dein Gehirn gebrauchen. Auch diese bedauernswerte Seele hat sich natürlich im entscheidenden Moment, als wir ihm die Möglichkeit anboten, in seine Vergangenheit zurückzukehren, einen besseren Zeitpunkt seines Lebens ausgesucht. Bei einem derart problematischen Lebenslauf gab es allerdings nicht so unerschöpflich viele Momente, an die er sich gern erinnern würde. Dennoch ist wohl verständlich, dass er nicht lange suchen musste, um einen glücklicheren Moment zu finden, als gerade den seiner Hinrichtung. Du kannst mir glauben, ihm war die Wahl leichter gefallen, als vielen anderen vor ihm. Denn man kann sicher sein, dass es selbst ihm, an jedem anderen Tag seines Lebens besser ging, als ausgerechnet an jenem, an dem er zum Galgen geführt wurde."

Ziemlich verwirrt fragte Gottfried: „Kannst du mir bitte erklären, wieso ein Schwerverbrecher überhaupt zu euch in den Himmel kommt? Ich dachte, die wären allesamt Kandidaten für die Hölle. Zumindest, wenn man bereit ist, der Kirche zu glauben."

„Aber wie kommst du darauf, dass er ein Verbrecher war? Sein ganzes Vergehen bestand darin, dass er den Koran kritisiert hatte. Und zwar mit deutlichen, scharfen Worten. Wie du weißt, ist Kritik natürlich kein Verbrechen; ganz im Gegenteil. Vernünftige Kritik bringt die Menschheit normalerweise voran, weil vernünftige Menschen auch mit Vernunft darauf reagieren. Und dann sind Verbesserungen zwangsläufig die Folge. Doch viel zu viele Menschen vertragen keinerlei Kritik, die wissen auf andere Meinungen nur mit dem Galgen zu antworten."

Michaela konnte ihre verständliche Verbitterung über so viel Unrecht nur unzureichend verbergen.

„Ja, das scheint wohl so zu sein, seit es Menschen gibt", stimmte Gottfried ihr zu, „und es wird sich kaum ändern. Das Traurige daran ist nur, dass sich immer wieder die mit den kranken Hirnen durchsetzen."

„Warum das so ist, solltest du eigentlich selbst erkennen."

„Ja, ich weiß", sagte Gottfried, „das ist sogar mir sonnenklar. Wer keine Skrupel hat, ist seinen Gegnern ganz klar überlegen, denn er nimmt auf nichts und niemanden Rücksicht. Der Polizist, der einen bewaffneten Verbrecher stellen will, hat das Gesetz zu achten, während der Verbrecher schießt, wann immer er sich einen Vorteil dadurch verspricht. Denn wenn er ohnehin zahlreiche Gesetze übertreten hat, wird er sich, erst einmal in die Enge getrieben, natürlich an keines mehr halten."

Als Michaela anerkennend nickte, wollte Gottfried gern eine andere Frage beantwortet haben.

„Aber nun erzähl mir doch bitte, wieso er schon weiter vorangekommen ist als ich, obwohl er erst nach mir hier eingetroffen ist? Denn allem Anschein nach ist er schon in seiner Wohnung gewesen. Ich dagegen, habe noch nicht einmal eine Ahnung, wo ich sie finden werde."

„Eben dachte ich noch, du wärest ein richtig schlauer Mann, und nun kommst du mir mit so einer ausgesprochen dummen Frage daher."

Nach Gottfrieds Geschmack schüttelte sie ein wenig zu oft tadelnd den Kopf. Obwohl er ihr recht geben musste, hätte sie ihm seine Begriffsstutzigkeit nicht ständig vor Augen führen müssen. Andererseits verzieh er ihr natürlich auch diesen berechtigten Wesenszug.

„Das ist doch nun wirklich einfach zu beantworten", fuhr sie indessen fort, „er hat eben keinen so lieben und fürsorglichen Engel wie du, nämlich einen, der sich unglaublich viel Mühe gibt, einen Hilflosen mit allen Ehren zu empfangen. Einen, der sich derart viel Zeit für ihn nimmt, wie ich mir nehme – für dich, Gottfried."

Obwohl sie jetzt beide wieder fröhlicher gestimmt waren, war er davon überzeugt, dass ihre Bemerkung nicht nur scherzhaft gemeint war. Da wird schon ein Fünkchen Wahrheit in ihrer ironischen Äußerung stecken.

Sie war überraschend schnell wieder etwas ernsthafter geworden und fügte hinzu: „Sicher wirst du sofort an seiner Kleidung erkannt haben, aus welcher Gegend der junge Mann zu uns gekommen ist. Und deshalb ist es nicht besonders schwierig, zu erraten, welcher Religion er angehörte, als er noch unter den Lebenden weilte. Vermutlich hat sich bis in eure Kreise herumgesprochen, dass es auch in islamischen Ländern unterschiedliche Varianten und Lesarten des Glaubens gibt. Was sicherlich zu einem großen Teil daran liegt, dass der Koran in arabischer Sprache geschrieben wurde. Die Übersetzung ist äußerst schwierig, weil sie viel Spielraum für unterschiedliche Auslegung zulässt."

„Und? - wirst du mir jetzt auch noch etwas Neues erzählen?"

„Du meinst also, wir müssen gar nicht mehr über den Umgang von Muslimen mit Frauen und Ungläubigen reden."

„Nein", sagte Gottfried, „und ich glaube übrigens, wer nur intensiv genug sucht, findet im Koran, ebenso wie in der Bibel oder anderen heiligen Schriften, alles, was er braucht. Dann muss er es nur noch nach seinen Interessen deuten und so einsetzen, wie er es braucht, um seine Vorteile daraus ziehen zu können."

„Das ist nicht ganz korrekt, mein lieber Gottfried, denn dort, wo er herkommt, können nur äußerst wenig Menschen den Koran wirklich lesen. Sie sind auf Übersetzungen und Deutungen der Ulema angewiesen. Und dieser arme Kerl hatte das besondere Pech, was die Auslegung des Korans angeht, in einer der schlimmsten Regionen des Sudan, zu leben. Denn dort gibt es keine Definition des Koran, die den Frauen auch nur die geringsten Rechte zugestehen würde."

„Das ist natürlich furchtbar, aber allein damit hast du mir noch nicht erklärt, warum er hingerichtet wurde."

„Aber das sagte ich doch schon, Mustafa hatte den Koran kritisiert. Vor allem hatte er sich für die unterdrückten Frauen eingesetzt. Er konnte nicht mehr ertragen, dass sie wie Vieh behandelt wurden. Das zu kritisieren, ist nicht nur in seiner Heimat, sondern auch in vielen anderen Gegenden recht gefährlich. Er war es leid, mit anzusehen, wie seine Mutter und seine Schwestern, nicht anders als Schafe und Ziegen behandelt wurden. Die Männer machten genau genommen nur beim Schächten halt vor ihnen. Dabei lassen die Prediger natürlich unerwähnt, dass es gerade Frauen sind, denen die Männer ihr Leben verdanken."

„Und diese Kritik, die ja durch und durch berechtigt ist, reichte den Sittenwächtern schon, um ihn aufzuknüpfen?"

„Genau."

Gottfried drehte sich noch einmal nach dem Araber um und stellte fest, dass Mustafa bereits erwartet wurde. In der Tür stand der Engel mit den schwarzen Haaren und einer anmutigen, exotischen Hautfarbe, die einen wunderbaren Kontrast zu den weißen Flügeln und dem ebenfalls weißen Gewand bildete.

Das konnte nur der Engel sein, den er schon bei seiner Ankunft am Schalter gesehen hatte. Obwohl Gottfried ihn nur aus einiger Entfernung gesehen hatte, war er sich doch sicher, ihn wiederzuerkennen.

Erstaunt murmelte er mehr an sich selbst gerichtet, als an Michaela: „Na so was, es gibt also tatsächlich schwarzhaarige Engel, wer hätte das gedacht." Doch Michaela fühlte sich aufgefordert, den Zusammenhang zu erklären.

„Mein lieber Gottfried, da deine Vorstellungskraft offensichtlich nicht ausreicht, um selbst darauf zu kommen, ist es an der Zeit, dass ich dir auf die Sprünge helfe. Jedem verblichenen Erdenbürger, der bei uns eintrifft, wird ein Engel nach seinen Wünschen zur Seite gestellt. Wie du eigentlich wissen müsstest, hat jeder von euch seine eigene Vorstellung vom Himmel wie auch von uns Engeln. Was glaubst du wohl, würde sich hier abspielen, wenn wir nicht so anpassungsfähig wären?"

Mit diesen überzeugenden Worten strich sie sich würdevoll eine goldblonde Locke aus der Stirn.

„Es ist schon schwierig genug, mit ansehen zu müssen, wie sich die meisten von euch bereits auf Erden, von Eifersucht und Missgunst geplagt, gegenseitig das Leben zur Hölle machen."

Selbstbewusst stemmte sie ihre Hände in die Hüften, als sie ihm klarmachen wollte, dass ein männliches Machtgehabe, bei ihnen im Himmel gar nicht gern gesehen wird.

„Du wirst sicher verstehen, dass wir das nicht auch hier noch ertragen möchten. Was wäre das für ein Paradies, wenn wir nicht wenigstens bei uns hier oben unseren Frieden hätten? Deshalb geben wir euch alles, was ihr braucht, damit gar nicht erst gegenseitige Missgunst und Eifersucht unter euch Streithähnen aufkommt."

Nach ihrer ernst gemeinten Erklärung deutete ihr Mienenspiel schon wieder jenes verschmitzte Lächeln an, das so überaus vorzüglich mit ihrer fröhlichen Schönheit harmonierte. So ließ sie schlagfertig die kokette Frage folgen: „Entspreche ich etwa nicht haargenau deinem Wunschbild eines Engels?"

Als er nicht sofort antwortete, verschränkte sie wieder energisch die Arme über der Brust und sah ihn spielerisch schmollend an.

„Sag es nur. Du brauchst nur ein Wort zu sagen – und im selben Augenblick bist du mich wieder los. Mal sehen, ob du glücklicher wirst, mit dem, was du nach mir bekommst."

Bis zu diesem Satz, den sie so leichtsinnig ausgesprochen hatte, war sie fest davon überzeugt, er würde sich niemals mehr für einen anderen Engel interessieren. Als dieser, so unbedacht ausgesprochene Gedanke, jedoch in ihren Ohren zum Leben erwachte, klang er nahezu waghalsig. Nach dem unnötig eingegangenen Risiko, durchfuhr sie ein derartiges Unbehagen, weshalb sie sofort nach einer Möglichkeit suchte, Gottfrieds Aufmerksamkeit wieder gänzlich an sich zu binden. Um ganz sicherzugehen, griff sie vorsichtshalber zu einem uralten Trick. Der war, wenn auch unter Engeln als sehr unschicklich angesehen, immer wieder wirkungsvoll.

Für einen winzigen, einen wirklich nur klitzekleinen Moment, ließ sie die Silhouette ihrer makellosen Figur, verführerisch durch ihr frommes Gewand schimmern.

Selbst wenn Gottfried durch und durch so anständig war, wie Michaela glauben wollte, so blieb er schließlich immer noch ein Mann. Auch ein Engel ist in der

Lage, sich so ungefähr vorzustellen, woran sich die Herren der Schöpfung, ob sie nun wollen oder nicht, immer wieder gern erinnern.

Es hatte jedoch den Anschein, als würde sie Gottfried auf eine andere Art getroffen haben, als erhofft, denn er sah mit seiner heruntergeklappten Kinnlade, für einen relativ langen Moment, einem unter Atemnot leidenden Idioten verteufelt ähnlich. Als er sich von dem erotischen Schock erholt hatte, konterte er jedoch mit einem ebenso unnötigen Risiko. „Wenn ich mir zwei Engel wünschen dürfte und du einer von den beiden wärest …"

„Übertreib es nicht, mein Lieber, übertreib es nicht. Denke bloß nicht, dass dir dein Platz bei uns schon sicher ist. Wenn du so weiter machst, landest du vielleicht doch noch in der Hölle. Ich denke, dass du mit nur einem Engel, und zwar mit mir, hier oben im Himmel besser bedient bist, als mit deinen wilden Fantasien. Du müsstest da unten, bei dem Kollegen Luzifer, oder wie ihr ihn auch immer nennen mögt, mit einer Vielzahl von Gestalten auf engstem Raum verbringen, und zwar in ewiger Finsternis. Da weißt du dann nicht, mit wem du es gerade zu tun hast. Und du kannst mir glauben, über die Gestalten da unten, möchte hier oben niemand auch nur nachdenken. Manchmal glaube ich, es ist von Vorteil, dass es dort immer stockdunkel ist."

Einen Augenblick lang genoss Michaela, wie sich sichtbar, jeder lustvolle Gedanke aus seinem Gesicht verzog.

„Da bist du sicherlich besser dran, wenn du dich hier oben nur mit mir vergnügst … äh … begnügst."

Der Versprecher verlieh ihren Wangen einen hauch-
zarten, rötlichen Teint, und zog ihrer Bissigkeit ein paar
Zähne. Doch bevor Gottfried die Zeit fand, auf den Versprecher zu reagieren, versuchte sie ihn vorsichtshalber
gleich von Neuem zu verspotten.

„Wenn ich mich recht erinnere, wolltest du noch vor
wenigen Augenblicken nur deine Ruhe haben. Nun erscheint der erstbeste, schwarzhaarige Engel auf der
Bildfläche, der auch noch teuflisch gut aussieht, und
schon kommst du auf dumme Gedanken."

Mein Gott, dachte er, jetzt fing ich gerade an, mich
hier so richtig wohl zu fühlen, schon habe Stress ich mit
einem eifersüchtigen Engel am Hals.

„Ja, mein Engel, ich bekenne mich eines dummen
Scherzes schuldig, und bitte inständig um eine möglichst milde Strafe."

Doch er meinte etwas in ihren Augen zu sehen, was
ihn sofort ernsthafter hinzufügen ließ: „Ich hoffe natürlich sehr, dass ich in deiner Nähe bleiben darf, und zwar
nicht nur aus Angst vor der Hölle. Ich bin mir absolut sicher, dass mir nichts Besseres hätte passieren können,
als dich an meine Seite zu wissen."

Damit schien die Atmosphäre zwischen ihnen wieder
beinahe so angenehm entspannt zu sein, wie sie vor dem
heiklen Thema war.

Gottfried bemerkte so langsam einen gewissen Ver-
schleiß seiner geistigen Reserven und wollte sich wirklich nur noch zurückziehen. Er musste die merkwürdigen Ereignisse, die auf ihn eingeprasselt waren, ein wenig sacken lassen. Außerdem fürchtete er, dass ihn im
Moment jedes weitere Wort noch schwerer in Bedräng-

nis bringen würde, als es ohnehin schon der Fall war.

Dank ihrer himmlischen Fähigkeiten hatte Michaela zügig gelernt, in Gottfrieds Augen zu lesen. Deshalb bemerkte sie, noch bevor es zu spät war, dass er in seiner jetzigen Verfassung, selbst einer scherzhaft und locker geführten Unterhaltung, nicht mehr gewachsen war.

„Ich glaube auch, es wird höchste Zeit, dass du dich endlich zum Ausspannen zurückziehen solltest. Wenn du eines Tages wieder Freude an deinem neuen Dasein verspürst und bereit bist mich wieder zu ertragen, dann lass es mich nur wissen. Du wirst sehen, dass wir beide wieder vergnüglich miteinander umgehen können. Und zwar ohne die unangebrachten Missverständnisse, die unser Zusammensein unnötig erschweren."

Gottfried war überaus dankbar für ihr Verständnis, war aber leicht irritiert über die Wortwahl, die er von einem Engel so wohl eher nicht erwartet hätte: „Vergnüglich miteinander umgehen".

Anstatt die richtigen Schlüsse daraus zu ziehen, hörte er sich mit gedämpfter Neugier ihre Wegbeschreibung an, die ihn zu seiner neuen Unterkunft führen sollte.

Zum vorübergehenden Abschied strich sie mit einer anmutig zarten Berührung über seine Hand, einer Berührung, die ihn bis ins Innerste wohlig erschauern ließ. Es war, als wollte sie ihm ans Herz legen, dass beim nächsten Treffen ein verheißungsvolleres Erlebnis auf ihn warten würde. Den Trick, mit dem durchscheinenden Gewand, ließ sie jetzt lieber weg, um ihn nur nicht wieder zu überfordern.

Auf dem Weg zur Hintertür konnte er schon durch die Glasscheiben den dichten Nebel auf dem Hof erkennen.

Er drehte sich noch einmal zu Michaela um und fragte sie: „Wie soll ich denn bloß in der milchigen Brühe den Eingang zu meiner Unterkunft finden?"

„Geh nur zu – du wirst schon sehen. Und außerdem muss ich dich höflich darum bitte, unser himmlisches Wolkenreich nicht als eine milchige Brühe zu bezeichnen."

Also öffnete er vertrauensvoll die Tür und ging hinaus in den Nebel. Doch schon nach dem ersten Schritt lichtete sich der dichte Schleier aus feuchtwarmen Wolken und mit jeder Sekunde konnte er mehr von seiner Umgebung sehen, ganz wie Michaela es versprochen hatte.

„Nun, jetzt sieht es tatsächlich wieder einem himmlischen Wolkenreich ähnlicher als einer trüben Brühe. Je länger die mich hier oben behalten, umso mehr werde ich mich an diese kleinen Wunder gewöhnen", sagte er sich, „diese Überraschungseffekte sind wirklich überaus beeindruckend. Aber das Beste ist, dass sie sich bisher nur von ihrer angenehmsten Seite zeigten. Ich will doch hoffen, dass ich die unangenehme Seite, falls es denn überhaupt eine gibt, gar nicht erst kennenlerne."

Mit Bedachtsamkeit ging er langsam weiter und erkannte nach und nach – wie sollte es auch anders sein – einen atemberaubend schönen Park. Warmes Sonnenlicht befreite die prachtvolle Natur von der Gefangenschaft des feuchten, hellgrauen Nebels.

„Haben die hier nichts, was mir missfallen könnte? Alles, was ich bisher gesehen habe, ist wundervoll und prächtig, einfach paradiesisch. Bis auf die milchige Brühe natürlich, aber das ist ja nur ein kleiner Moment des

Übergangs. Da haben die Augen wenigstens eine gute Gelegenheit, sich auch einmal von der permanenten Schönheit zu erholen.

Vielleicht liegt es ja an meiner eigenen Vorstellung vom Paradies. Ob ich immer genau das sehe, was ich zu sehen wünsche? Denn irgendwie sieht ja alles, mehr oder weniger genau, so berauschend schön aus, wie ich es am liebsten hätte."

Nicht dass er etwas dagegen einzuwenden hätte, doch machte sich in seinem Hinterkopf schon die Befürchtung bemerkbar, dass es eines Tages zur Gewohnheit werden könnte. Und dann würde er es natürlich auch nicht mehr als so ungewöhnlich schön empfinden. Andererseits könnte er inzwischen seine Vorstellung von einem Paradies nach Belieben ändern und dann bliebe abzuwarten, ob sich die Götter, oder wer auch immer dafür zuständig sein mag, erneut darauf einstellen und die Umgebung wieder an seine Wünsche anpassen würden.

„Und schon wäre ich von Neuem ein glücklicher Mensch. Wenn auch tot, so doch immerhin ein glücklicher toter Mensch."

Die Wolken hatten sich inzwischen so weit gelichtet, dass die Häuserfront mit den Arkaden zu erkennen war, durch die er zu den Hauseingängen gelangen würde.

Hinter Eingang B, Nummer 1020, sagte Michaela, wäre sein neues Zuhause.

Er ging also zielstrebig auf den Eingang B zu und erinnerte sich, dass sie ihn auch darauf aufmerksam gemacht hatte, dass er nicht nach seinem Eingang suchen musste: „Egal welche Hausnummer es sein mag, sie ist immer gleich hinter dem Torbogen. Das gehört zu unseren ausgesprochen praktischen Einrichtungen."

Und natürlich hatte sie wieder einmal recht. „Ja, es bringt schon Vorteile mit sich, wenn man ein heimischer Engel ist und sich dem entsprechend auskennt."

Er ging also durch den ersten Torbogen – und tatsächlich, wie versprochen las er auf der ersten Tür die Nummer 1020.

„Wie sie das alles so hinbekommen, wird mir wohl immer ein Rätsel bleiben, aber praktisch ist es auf jeden Fall. Andererseits kann man natürlich auch einiges an Genialität verlangen, wenn man bedenkt, dass die Götter bei der Gestaltung des Himmels ihre Finger im Spiel haben. Was sagte Michaela doch gleich?":

‚Solltest du mit jemand zur gleichen Zeit ankommen, müsst ihr euch nur einigen, wer von euch vorangehen darf. Wenn derjenige, der zuerst gegangen ist, die Tür hinter sich schließt, findet der nächste sofort seine eigene Wohnungsnummer über derselben Tür vor und hinter der Tür sein eigenes Domizil. Verschlossene Türen, wie die misstrauischen Menschen auf der Erde, brauchen wir hier nicht. Unsere Türen öffnen sich ohnehin nur dem jeweiligen, legitimen Bewohner'.

Sie war sichtlich stolz auf diese Einrichtung und fuhr mit bezaubernder Hingabe fort: ‚Obwohl wir nur ehrliche und anständige Menschen bei uns im Himmel aufnehmen, wollten wir euch nicht des gewohnten Gefühls der Sicherheit und privaten Atmosphäre berauben. Mit dieser himmlischen Regelung seid ihr wie gewohnt, in eurem eigenen Bereich und von eurer Umwelt vollkommen abgeschieden'.

Was erwartet mich hinter dieser Tür?

Trotz Michaelas, durchaus als beruhigend gemeinter Hinweise, betrat Gottfried sein neues Zuhause mit gemischten Gefühlen. Das war nach dem, was er bisher an Überraschungen erlebt hatte, ja wohl verständlich.

„Kann ich mich hier wirklich unbeobachtet und frei bewegen?"

Nach seiner Meinung waren Zweifel berechtigt.

„Wenn ich an die Allmacht der Götter denke, fällt mir nicht gerade leicht zu glauben, dass ich hier unbemerkt machen kann, wonach mir gerade der Sinn steht. Wenigstens der eine Gott, der meint, er wäre für mich zuständig, wird doch alle Fähigkeiten und Kräfte haben, mich fortwährend hören und sehen zu können."

Die Hand bereits am Türgriff schossen ihm alle möglichen Gedanken durch den Kopf.

„Was erwartet mich hinter dieser Tür? Muss ich mich wieder erst durch dichten Nebel tasten, bevor ich mein Bett finde, wenn es denn überhaupt ein Bett geben sollte?"

Doch diesmal hatte Gottfried Glück, der Nebel blieb ihm erspart.

Seine anfangs sicher übertriebene Vorsicht, wich augenblicklich einer freudigen Überraschung. Denn sein neues Zuhause glich seinem alten, auf der Erde zurückgelassenen, bis aufs kleinste Detail. Zumindest war im Flur auf den ersten Blick alles vorhanden, was ihm über viele Jahre ans Herz gewachsen war. Der Perserteppich auf dem Parkett, den er von seiner Tochter bekommen hatte; die Tapeten mit dem feinen Blumenmuster; selbst die vertrauten Wandlampen waren exakt dieselben; auch der kleine Mahagoni-Tisch, mit dem Telefon darauf, stand an seinem gewohnten Platz.

Gottfried ging den Flur entlang und öffnete ohne zu zögern, mit neu belebter Euphorie die Tür zum Wohnzimmer. Die heimelige Einrichtung erfüllte ihn mit einem unbeschreiblichen Glücksgefühl. Denn er hatte nicht nur lange und hart dafür gearbeitet, sondern sie auch mit größter Hingabe über etliche Jahre zusammengesucht.

Doch den absoluten Glanzpunkt sah er erst, nachdem er sich auf seinem urgemütlichen Sofa niedergelassen hatte. Es waren die beiden Bilder seiner Lieblingsmaler, die so unglaublich echt aussahen, dass ihm ihre Vollkommenheit ins Herz fuhr und die Knie weich werden ließ. Es schien, als würde er den Blick nie mehr abwenden können.

Van Goghs „Kornfeld mit Zypressen" neben „Frau mit Mango", von Paul Gauguin. Wie Originale prangten diese Schmuckstücke nebeneinander – in seinem Wohnzimmer.

In diesem Augenblick gab es keine Verwirrung mehr, auch nicht das Verlangen, seinen Kopf zu ordnen. Er fand in seinem Hirn nicht einmal Raum für einen Gedanken an Michaela. Es schien, als versuchte er mit diesen fantastischen Kunstwerken zu verschmelzen. Ohne den Blick von den Bildern abzuwenden, ging er zu seinem Lieblingssessel und machte es sich dort bequem.

„So ist es recht. Wenn ich schon auf Einladung der Götter hier bin, sollten sie auch zeigen, was ihnen an mir liegt. Wenn sie mir die Wohnung aufgrund ihrer besonderen Fähigkeiten so anspruchsvoll einrichten, kann ich nur sagen, dass es einem aufrichtigen Erdenbürger wie mir vermutlich zustehen wird. Ich glaube, das kann man spätestens im Himmel verlangen.

Wer weiß, vielleicht sind Vincent und Paul auch hier, und die beiden machen den ganzen Tag nichts anderes, als für uns Bilder zu malen. An derartig drollige Spinnereien gewöhne ich mich langsam", sagte er sich, und schon fanden sich seine Gedanken bei Michaela wieder.

„Ob sie wohl auch so begeistert auf die Bilder reagieren würde?" Doch die Frage war müßig, denn er erinnerte sich daran, dass er sie ihr leider nicht würde zeigen können, da sie ihn in seinem neuen Heim nicht treffen durfte!

„Wie gern hätte ich sie jetzt hier neben mir sitzen. Sie würde sich an mich kuscheln und schweigend mit mir diese einzigartigen, unvergleichlichen Meisterwerke genießen. Allerdings hat die Sache einen Haken, denn ich bin mir nicht sicher, ob sie überhaupt schweigen kann."

Gottfried schloss die Augen und lauschte im Geiste ihrer Stimme.

„Jede ihrer Silben füllt meine Lebensgeister mit Freudenfeuer, bringt jeden meiner Sinne zum Tanzen, weshalb sollte ich mir wünschen, sie würde schweigen können."

Plötzlich überkam ihn ein merkwürdiges Gefühl, so als würde eine Veränderung in ihm stattfinden. Er vergaß alles um sich herum, schloss die Augen und horchte gespannt in sich hinein.

„Das fühlt sich ja eigenartig an". Es kribbelte und kitzelte nicht nur in seinem Körper, es kribbelte und kitzelte auch in seinen Gedanken. Eine völlig neue Sinnesempfindung nahm auf angenehmste Weise von ihm Besitz. Langsam erinnerte er sich an das, was ihm anscheinend schon vor langer Zeit verloren gegangen war.

„Natürlich, jetzt erinnere ich mich langsam an das, was die Jugend neben ihrer körperlichen und geistigen Frische, so faszinierend und lebenswert macht. Es ist Liebe. Liebe, mit all ihren erklärbaren und absolut unerklärlichen Gefühlen, die mich meistens furchtbar quälten und mich dennoch niemals losließen. Und jetzt scheint mir, als würden sich Liebe und Erotik doch nicht so leicht voneinander trennen lassen, wie mir manche Menschen weiß machen wollten."

Gottfried spürte, wie ihm bei diesem Gedanken heiß wurde und ihm, wie bei einem unschuldigen Schuljungen, die Schamröte ins Gesicht stieg. Dass er Michaela

116

mit Erotik in Verbindung brachte, war ihm äußerst peinlich, obwohl er hier vollkommen allein war.

Nachdem sich die Welle seiner unsicheren Gefühle etwas gelegt hatte, konnte er auch zu seinem gewohnt sachlichen Denken zurückkehren.

„Es kommt mir vor, als würde ich nicht mehr so verknöchert denken, wie in meinen letzten Jahren, bevor ich in dieser merkwürdigen Welt, von mir aus auch Himmel, ankam. Ich dachte doch nur noch rückwärts in die Vergangenheit gerichtet. Nun habe ich plötzlich wieder Interesse daran, was mir die Zukunft bringen wird. Mein lieber Gottfried, wenn das keine Veränderung ist? Ich muss schon sagen, es ist wirklich ein erhebendes Gefühl, daran zu glauben, dass man wieder eine Zukunft haben könnte, in der die aufregendsten Dinge passieren. Ich glaube, das war es, was mir noch zu meinem Glück gefehlt hatte."

Weil er tatsächlich in der kurzen Zeit schon fast vergessen hatte, warum er ursprünglich nicht mehr leben mochte, schloss er die Augen und ging gedanklich in die Welt zurück, aus der er sich so liebend gern hatte verschwinden wollen.

Was war in so kurzer Zeit alles passiert, dass sich seine Einstellung zum Leben so sehr ins Positive umgekehrt hatte?

„Bevor ich hier ankam, war ich nur noch von Menschen umgeben, die ich eigentlich nicht mehr sehen wollte, und die mich vermutlich nicht mehr gut ertragen konnten. Und dann waren da natürlich die Schmerzen, die sich in mein Leben geschlichen hatten, bis ich sie nicht länger hinnehmen wollte."

117

Gottfried musste unwillkürlich schmunzeln.

„Doch dann ging alles so unglaublich schnell. Innerhalb kürzester Zeit hatte ich alles, was mich so quälte, hinter mir gelassen, ohne das Geringste dafür zu tun. Ohne auch nur einen klitzekleinen Moment dafür leiden zu müssen. Einfach so. Niemand verlangte eine Gegenleistung für die Wohltat.

Na ja – was die Gegenleistung anbelangt, bin ich mir nicht mehr so ganz sicher. Aber bisher kann ich nur sagen, dass ich aus der irdischen Hölle verschwunden, und im himmlischen Paradies angekommen bin."

Er konnte über sich selbst nur noch den Kopf schütteln.

„Anstatt mich einfach zu freuen, habe ich schon wieder ein neues Problem. Wie werde ich mit meinem neu gewonnenen Glück fertig? Wie es aussieht, traue ich dem Frieden noch nicht so ganz. Das hieße aber eigentlich, ich traue den Göttern nicht über den Weg. Das wäre ja noch verständlich, weil ich die nicht kenne, aber Michaela müsste ich doch vertrauen können."

Nachdem er diese Erkenntnis ausreichend auf sein Inneres hatte wirken lassen, fühlte er sich schon wesentlich befreiter. Er konnte wieder freier durchatmen, so, als hätte sich eine schwere Last von seiner Brust gelöst.

„Ich sollte mir vielleicht erst einmal in aller Ruhe meine Wohnung ansehen. Schließlich bin ich hier, für die nächste Zukunft, in meinem neuen Zuhause."

Er erhob sich mit Bedacht aus seinem bequemen Sitz und sah sich in aller Ruhe um.

Dabei fiel ihm sofort etwas sehr Ungewöhnliches auf, etwas, dass ihm anfangs durch den Anblick der Gemälde entgangen war.

„Na, so was", sagte er völlig perplex, „ich sehe weder Fernseher noch Radio; selbst den inzwischen unverzichtbaren PC kann ich nirgends entdecken. Der Himmel wird mir immer sympathischer."

Auf dem Weg in den Nebenraum, kam er am Fenster vorbei, blieb dann doch kurz stehen und schob die Gardine beiseite. Nun konnte das herrlich warme Sonnenlicht die Kunstwerke noch besser zur Geltung bringen.

Dann warf er neugierig einen Blick auf den Hof, der ihm aber keine neuen Erkenntnisse brachte, denn das Paradies war ja allgegenwärtig. Doch er hatte ja noch einen Raum zu inspizieren, gleich nebenan, der war ihm bisher noch fremd geblieben. Er schritt also auf die Türöffnung zu, warf einen Blick um die Ecke und wich sofort erschrocken zurück.

Er hatte doch tatsächlich soeben in eine antike Badehalle geschaut.

Gottfried schnappte erschrocken nach Luft.

Da war eine Badehalle, wie er sie sich imposanter und schöner nicht hätte erträumen können; gleich hier um die Ecke, nur wenige Meter von seinem Wohnzimmer entfernt.

„Ist man hier nicht eine Sekunde vor Überraschungen sicher? Ich glaube, daran werde ich mich wohl nie gewöhnen – oder ich werde mich daran gewöhnen müssen.

Wie machen die das nur? Entweder gehen sie mit meiner Fantasie an der Leine spazieren oder ich bin schlicht und ergreifend übergeschnappt? Ich sitze in meinem traumhaften Wohnzimmer, sehe einmal um die

Ecke und finde mich in einer pompös ausgestatteten, römischen Therme, wie man sie von Bildern aus der Antike kennt, wieder. Das mag ja sehr praktisch sein, aber hätte man mich nicht behutsam darauf vorbereiten können? Und wenn mich nicht alles täuscht, sind da auch noch fremde Leute."

Gottfried schluckte nervös.

„Natürlich sind sie mir fremd, wen sollte ich hier schon kennen?"

Er sah noch einmal vorsichtig um die Ecke.

„Da schlummert doch tatsächlich ein nackter Mann auf einer Liege; und im Wasser treiben sich auch noch zwei herum … und einer duscht …, und zwar nackt … alle sind sie nackt … in meinem Badezimmer!"

Doch langsam schien er wieder zur Besinnung zu kommen.

„Natürlich kann das nicht mein Badezimmer sein, denn da würden sich kaum all die nackten Männer herumtreiben."

Gottfried kam sich zwar vor wie ein Spanner, wollte aber trotzdem noch einmal einen Blick riskieren, einfach um sich davon zu überzeugen, ob sich unter all den Männern nicht vielleicht doch die eine oder andere Frau befindet.

„Nein, es sind tatsächlich ausschließlich Männer", musste er ernüchtert feststellen und wusste selbst nicht, ob er es nun bedauern, oder doch eher mit Erleichterung betrachten sollte.

Doch dann erinnerte er sich an Michaelas Worte: „Hier braucht niemand ein Türschloss, um sich vor anderen zu verstecken, oder sicherer zu fühlen. Es gibt einfach keinen Zugang für Unbefugte, egal um welchen privaten Bereich es geht. Es ist so etwas wie eine psychologische Sperre. Man kann oder besser gesagt, man will gar nicht weitergehen, wenn man auf unbefugtes Terrain gelangt."

Jetzt schlug sein Puls beinahe schon wieder in einem als gemütlich zu bezeichnenden Rhythmus.

„Wenn mich nicht alles täuscht, scheint jeder dieser nackten Kerle da draußen, von einem anderen Teil der Erde zu stammen. Der unter der Dusche zum Beispiel ist unverkennbar Afrikaner. Da gibt es wohl keine zwei Meinungen. Wogegen der auf der Liege aus Asien zu sein scheint. Oder doch Südamerika?"

Nach einem so kurzen und schüchternen Blick war das möglicherweise nicht besser einzuschätzen.

Nachdem sich Gottfrieds Aufregung wieder gelegt hatte, kam ihm eine, für seine Verhältnisse, überaus mutige Idee.

„Vielleicht kann ich mich mit einem von ihnen unterhalten oder sogar mit allen?", schoss ihm ein hoffnungsvoller Gedanke durch den Kopf.

„Nichts gegen Michaela, aber als Engel dürfte sie, was objektive Auskünfte anbelangt, etwas befangen sein. Deshalb würde mich schon interessieren, was andere Menschen von dem Ganzen hier halten. Selbstverständlich muss Michaela parteilich sein und sich den Göttern unterordnen. Und das betrifft natürlich auch alle Regeln oder besser gesagt: Gebote, denn so heißen wohl die Gesetze, die von den Göttern verfasst wurden. Da ist kaum anzunehmen, dass Michaela sich dem widersetzen wird, nur um dem armen, verwirrten Gottfried einen objektiven Einblick in die Pläne der Götter zu gewähren."

Gottfried biss sich auf die Unterlippe und haderte mit seinem anerzogenen Schamgefühl, das andere Menschen schon lange abgeschüttelt hatten. Das beste Beispiel hatte er ja gerade um die Ecke seines Zimmers sehen können.

„Den Nackedei da draußen könnte ich tausend Fragen auf einmal stellen. Mich würde unter anderem brennend interessieren, warum sie hier oben im Himmel sind, statt unten in der Hölle zu schmoren, oder was auch immer da unten als Strafe eingeführt wurde."

Aber was hätte ein Fegefeuer als Strafe noch übertreffen können.

„Ich würde zum Beispiel gern wissen, wie alt die Männer waren, als sie herkamen und wodurch oder woran sie gestorben sind. Oder vielleicht sollte ich besser gleich fragen, woran sie gestorben wurden, wie der Araber."

Gottfried überlegte, wie er selbst sich verhalten würde, wenn ihm jemand derart direkte Fragen stellte, die er dann auch noch ehrlich beantworten sollte.

Wahrscheinlich hatten sie alle anfangs vor den gleichen Überlegungen gestanden. Anscheinend haben sie die Fragen aber gut verarbeitet, sonst würden sie wohl kaum gemeinsam schwimmen gehen.

„Ich habe mir jedenfalls nicht träumen lassen, dass ich einmal jemanden fragen würde, woran er gestorben ist. Das klingt wirklich nicht besonders realistisch und glaubwürdig, aber wen interessiert das hier oben schon."

Klammheimlich fanden sich seine Gedanken wieder

bei Michaela ein.

Sie hatte ihn mit ihrer Schönheit, dem unglaublichen Charme und ihrem prickelnden Humor, sofort und unwiderruflich bezaubert. Letzten Endes musste er sich aber doch eingestehen, dass sie ihm nicht zufällig begegnet war, sondern von jemandem zugeteilt wurde. Sie war also einem höheren Wesen verpflichtet; nicht ihm. Welcher Grund dahintersteckte, wusste er natürlich nicht; sollte sie nur auf ihn aufpassen, ihn lenken und kontrollieren oder war es doch eher so, wie es für ihn bisher den Anschein hatte? Alles nur eine, wenn auch himmlische, so doch überwiegend glückliche Fügung.

„Je mehr ich über das Ganze hier nachdenke, umso mehr komme ich zu der Überzeugung, dass ich eigentlich nichts mehr weiß. Ich weiß genau genommen, weder wo ich mich tatsächlich aufhalte, oder ob ich immer noch der bin, der ich noch in jüngster Vergangenheit war. Kann ich mir sicher sein, dass ich nicht doch weiterhin auf meinem Sterbebett liege und auf den Tod warte, damit er mich endlich von meinem unerträglichen Leben erlöst? Wäre das nicht wahrscheinlicher, als diese seltsame Geschichte, die mir hier aufgetischt wird? Man kann doch nicht ernsthaft glauben, dass hier um mich herum passiert tatsächlich. Nein, mein lieber Gottfried, das alles, ist nur ein wunderbarer Traum."

Er raffte sich innerlich zusammen und war jetzt wild entschlossen, zu den Badenden zu gehen.

„Was kann ich denn schon falsch machen? Ich gehe einfach hin und sage Hallo zu ihnen. Dann werde ich ja sehen, was passiert."

Gottfried atmete tief durch und wollte möglichst

forsch und selbstsicher die Therme betreten. Doch sein Schwung wurde jäh von etwas Unsichtbarem gebremst, hielt ihn mit sanfter Bestimmtheit zurück und flüsterte ihm zu, er möge sich doch bitte vor Betreten des Bades komplett entkleiden. Die Begründung wurde gleich, und zwar sehr einleuchtend, mitgeliefert: Die anderen Badegäste würden sich erst durch den Anblick seiner Kleidung ihrer Blöße bewusst werden und sich durch seine Anwesenheit sicherlich unwohl fühlen.

Ihm wurde außerdem versichert, er könne absolut beruhigt sein, denn damit niemand in seinem Schamgefühl oder seiner religiösen Empfindungen verletzt wird, sind die Bäder, ebenso wie alle sonstigen Anlagen, grundsätzlich nach Geschlechtern getrennt.

Das leuchtete auch Gottfried mit seiner konservativen Erziehung ein, doch er benötigte trotzdem noch ein wenig Zeit, um sich mit dem Gedanken vertraut zu machen. Deshalb beschloss er, sich zunächst einmal die Wohnung, die vielleicht noch die eine oder andere Überraschung bot, näher zu erkunden.

Erleichtert konnte er nun feststellen, dass sein Badezimmer nicht die Gemeinschaftseinrichtung war, für die er sie im ersten Moment gehalten hatte. Aber dennoch war es ähnlich großzügig und auch vom Stil her, ausgestattet wie die Therme. Selbst sein neues weiträumiges Schlafzimmer war eine Augenweide. Auch hier gab es eine prachtvolle Ausstattung, die aber selbstredend, wie schon am schmalen Bett zu erkennen war, in weiser Voraussicht für nur einen Bewohner angelegt wurde. Was in einem reinen Männerwohnheim nicht verwundern durfte, da nicht einmal die Engel Zutritt hatten.

„Was für eine Verschwendung", sagte sich Gottfried, „dieses schöne Schlafgemach könnte man zu zweit wirklich besser würdigen und eine Menge Spaß haben."

Seine unkeuschen Gedanken erschreckten ihn heftig, weil er sich schließlich im Himmel, unter all den moralisch untadeligen Wesen befand. Dann machten sie ihn obendrein auch noch verlegen, speziell gegenüber dem unschuldigen Engel namens Michaela.

Sein Unbehagen legte sich jedoch schnell wieder, als er an ihren Trick mit dem durchscheinenden Kleid dachte. Die daraus folgende Vermutung brachte ihn sogar zum Schmunzeln.

Hatte er gesehen, was er sehen wollte, oder hatte er gesehen, was Michaela ihm zeigen wollte? Vielleicht hatte sie ihm eine schlecht versteckte Botschaft zukommen lassen, mit der sie ihm sagen wollte, dass auch sie nicht abgeneigt wäre, wenn sie sich körperlich etwas näher kämen, als man es von einem Engel erwarten könnte.

Inzwischen war er endlich so weit, dass er den Mut aufbrachte, sich seines viel zu engen Gewandes zu entledigen. Vermutlich hätte mehr Mut dazugehört, sich den anderen Männern in diesem Gewand zu präsentieren, als, wie alle anderen auch, nackt im Bad zu erscheinen. Dann streckte er sich auf dem Bett aus, um sich ein wenig zu entspannen, obwohl er weder Müdigkeit noch körperliche Erschöpfung verspürte.

Er wollte nur ein wenig an die Decke starren, ohne an etwas Bestimmtes zu denken; geschweige denn, versuchen seine Probleme zu lösen.

„Vielleicht überfällt mich ja noch eine glorreiche

Idee, die mir hilft, bei meinem ersten Auftritt im Gemeinschaftsbad nicht zu unbeholfen zu erscheinen."

Unbeabsichtigt kam er dann aber doch noch ins Grübeln. „Warum kann ich nicht einfach mal an nichts denken; mich nur treiben lassen?"

Doch gegenüber der dramatischen Veränderung, die ihm sein jetziges Dasein beschert hat, waren seine Grübeleien eher harmloser Natur.

„Wie lange ist es eigentlich her", fragte er sich, „dass ich als altes Wrack, todkrank auf meinem Bett lag und verzweifelt auf mein Ende wartete? Es kommt mir vor, als wären tatsächlich komplette siebzig Jahre vergangen, und zwar in die andere Richtung, als es normalerweise der Fall ist. Vom Elend des Alters, zurück zu erquickenden Jugend. Wenn mich meine Erinnerung nicht trügt, fühle ich mich tatsächlich, körperlich und geistig, wie ein gesunder Mann in den Zwanzigern. Allerdings gibt es zur damaligen Realität, einen nicht zu unterschätzenden Unterschied. Im Gegensatz zu meiner damaligen, ersten Jugend, bin ich, um eine wichtige Erfahrung reicher: heute weiß ich diesen geradezu berauschenden Zustand der Jugend und Gesundheit zu schätzen. Was hatte mich seinerzeit daran gehindert? Warum ist man nicht in der Lage, seinen vor Gesundheit strotzenden Körper und diese unbezahlbare Lebenskraft, zur rechten Zeit, in vollen Zügen zu genießen?"

Natürlich braucht man einen gesunden Körper oder wenigstens einen gesunden Verstand, um im täglichen Kampf ums Überleben bestehen zu können. Doch wenn ständig alle Reserven ausgeschöpft sind, fällt eben auch ein junger und gesunder Körper abends vor Erschöpfung todmüde ins Bett. Sobald sich der junge Springins-feld dann wieder ein wenig von den Strapazen der Arbeit erholt hat, stürzt er sich wieder auf seine spärlichen, verbliebenen Reserven. Das betrifft nicht nur die Arbeit, sondern auch die Freizeit. Man gönnt sich einfach keine Ruhe, will immer alles bis zum Letzten auskosten. Auch im Sport und Spiel verlangt man sich alles ab und selbst in der Liebe herrscht bei vielen ein enormer Druck. Gerade bei dem Bemühen um eine Frau, ist es unvermeidbar, besser sein zu müssen, als die Konkurrenten, die sich ebenfalls um diese eine Frau bemühen. Im Balzverhalten sind Menschen nicht besser dran, als Tiere.

„Warum war ich damals nicht in der Lage, mir meine Tage besser einzuteilen? Ich hätte mir mehr Ruhezeiten gönnen sollen, um dem Leistungsdruck besser standhalten zu können. Vielleicht hätte ich dann auch mit mehr Freude gearbeitet. Leider war ich schon fast ein lebender Leichnam, als ich entdeckte, dass Ruhe etwas Wunderbares sein kann. Denn sie gab mir unter anderem, die leichtfertig vergeudete Kraft zurück. Aber in der Jugend glaubt man, die Reserven seien unerschöpflich und merkt zu spät, dass man mit jeder Überanstrengung seine eigene Zukunft anzapft. Ähnlich wie bei den Partydrogen, die Jugendliche nehmen, um die Nacht durchzutanzen, ohne auch nur einen Gedanken daran zu verschwenden, dass sie die Reserven der folgenden Tage aufbrauchen."

Gottfried fiel noch ein weiterer Umstand ein, den er sein ganzes Leben lang ignoriert hatte: „Das Alter hat jederzeit, jedes Recht dazu, sich, mit seiner fortschreitenden Ermüdung, für den in der Jugend an Geist und

Körper betriebenem Raubbau zu rächen. Was dann auch in meist kleinen Schritten, die sich dann heimtückisch zu fiesen Beschwerden summieren, passiert.

Aber es bleibt wohl auf ewig wie es ist, nämlich, dass Menschen erst im hohen Alter, durch ihre diversen Zipperlein, Notiz davon nehmen. Da die Jugend bekanntlich auf Ratschläge alter Menschen pfeift, kann sie weitestgehend unbeschwert damit umgehen.

Und nun finde ich mich trotz meines enormen Alters, tatsächlich in jenem Zustand wieder, den ich mein Leben lang zwar für erstrebenswert hielt, gleichzeitig jedoch, für den alten Tattergreis, der ich war, als unerreichbar ansah. Dabei hätte ich als junger Mann, mein Leben mit dem heutigen Wissen, viel früher genießen können."

Obwohl Gottfried genau das vermeiden wollte, hatte er sich jetzt leider von der Vergangenheit, die seine Stimmung ein wenig drückte, einholen lassen. Deshalb konnte er einen leicht schwermütigen Seufzer nicht unterdrücken.

„Wenn ich doch nur auf der Erde noch einmal von vorn beginnen könnte. Jetzt aber bitte mit der ganzen Erfahrung meines langen Lebens. Und Michaela dürfte auch ruhig dabei sein."

Gottfried tauchte gedanklich in sein Vorleben ein und kramte in den inzwischen verblassten Erinnerungen herum. Das Ergebnis wirkte nicht nur ernüchternd, sondern konnte ohne Umschweife, als niederschmetternd bezeichnet werden.

Bewusst konnte er sich tatsächlich nur noch an den einen schönen Moment erinnern. Obwohl er damals ohne Freundin in den Urlaub gefahren war, hatte er sich an jenem Morgen so unbeschreiblich wohlgefühlt. Und diesem Moment hatte er nicht nur seine jetzige Jugend und Gesundheit zu verdanken, sondern auch, dass er endlich zu schätzen wusste, was es bedeutet hatte, jung und gesund zu sein.

War er nicht schon wieder im Begriff, sich nach dem alten Muster zu verhalten? Musste er jeder Sache auf den Grund gehen und für alles Mögliche und unmögliche Erklärungen suchen? Ja, das schien typisch für ihn zu sein, obwohl er sich, wie jeder halbwegs normale Mensch, tief im Innern wünschte, etwas einfach so hinzunehmen, wie es nun einmal ist.

„Jetzt zerbreche ich mir schon wieder den Kopf, dabei wollte ich doch nur hier liegen und an nichts denken."

Gottfried setzte sich vehement auf und sagte mit gebührendem Nachdruck, so, als müsste er sich selbst davon überzeugen, das Richtige zu tun: „Verdammt noch mal, es gibt doch schlimmeres, als nackt unter nackten Männern zu sein. Jetzt werde ich mich einfach ausziehen und zu den anderen in die Therme gehen."

Nachdem er sich entkleidet hatte, fühlte er sich schon wieder unsicher, aber jetzt konnte ihn auch seine angeborene Scham nicht mehr zurückhalten.

Als er die Schwimmhalle betrat, schmiegte sich urplötzlich warme, tropische Luft liebkosend um seinen Körper und ein weicher, lieblicher Duft von Zitrone und Vanille, schmeichelte seiner sensiblen Nase.

Noch immer ein wenig gehemmt, schlüpfte er in die bereitgestellten Badelatschen und schlenderte, in der

Hoffnung auf die anderen Männer entspannt zu wirken, auf die einladend wirkenden Duschen zu.

„Alles, was mir an Bekleidung geblieben ist, trage ich unter meinen Füßen. Aber ich will mich nicht beklagen, denn die anderen sind auch nicht besser dran – und scheinen sich trotzdem recht wohl zu fühlen."

Diese Erkenntnis half ihm, sein Schamgefühl auf ein erträgliches Maß zu senken.

„Erst gehe ich duschen, so wie es sich für einen anständigen Menschen gehört. Danach werde ich ein paar Runden schwimmen und mich in aller Ruhe mit der Lage vertraut machen. Dann will ich doch mal sehen, ob ich nicht eine kleine Unterhaltung mit den Herrschaften in Gange bekomme."

Auf dem Weg zu den Duschen hörte er die Stimmen der beiden Männer, die gut gelaunt nebeneinander im Pool herumschwammen. Automatisch drehte er seinen Kopf in ihre Richtung und warf ihnen einen flüchtigen Blick zu.

Sie schienen sich besonders angeregt, auf eine dennoch fröhliche Art zu unterhalten, was einigermaßen verwunderlich war. Denn nach ihrem äußeren Erscheinungsbild zu urteilen, müssen sie aus grundverschiedenen Kulturen stammen. Der Schwimmer, der Gottfried am nächsten war, schien eher ein skandinavischer Typ zu sein. Seine Hautfarbe glich einem frisch angelegten Gipsverband, der von einem hellblonden Haarschopf gekrönt wurde.

Der andere dagegen hatte pechschwarze Haare und die hellbraune Haut eines besonders starken Milchkaffees.

Nach Gottfrieds Überzeugung müsste er ein Inder oder Pakistani sein.

Wie ihre Mimik unschwer erkennen ließ, verstanden sie sich trotz ihrer verschiedenartigen Herkunft jedenfalls prächtig.

Der Mann, der noch unter der Dusche gestanden hatte, als Gottfried den ersten schüchternen Blick um die Ecke seines Badezimmers riskierte, hatte seine Liege inzwischen näher an die des Asiaten herangerückt. Noch bevor er es sich auf seiner Liege gemütlich machte, begannen die beiden augenblicklich ein Gespräch, das deutlich sichtbar den Eindruck erweckte, sie seien schon seit Langem die besten Freunde.

Auf dem Weg zu den Duschen kam Gottfried nicht umhin, nahe an ihren Ruheliegen vorbeizugehen.

Als er sich auf gleicher Höhe mit ihnen befand, sahen sie zu ihm auf und nickten ihm, zu seiner Erleichterung, freundlich zu.

Obwohl er sich seiner Nacktheit, im Gegensatz zu den weiteren Anwesenden, noch sehr bewusst war, grüßte er so gleichmütig wie möglich zurück.

„Du musst neu zu uns gestoßen sein, sonst hätten wir dich hier schon zu einem anderen Zeitpunkt gesehen", sagte der Schwarze und stellte sich sofort höflich vor. „Mein Name ist Mike, ich hoffe, du fühlst dich wohl bei uns. Ich weiß nicht warum, aber alle neuen gehen zunächst einmal in die Therme, anstatt sich erst ins Bett zu legen und über alles, was ihnen widerfahren ist, in aller Ruhe nachzudenken."

„Und ich heiße Qiang", stellte sich der Asiat mit einer leichten Verbeugung, die seine sitzende Haltung gerade noch zuließ, ebenfalls äußerst höflich vor.

„Gehe du ruhig erst duschen und schwimm deine Runden. Wir würden uns sehr freuen, wenn du uns danach ein wenig Gesellschaft leisten würdest, damit wir uns näher kennenlernen."

Sein Lächeln wirkte keineswegs aufgesetzt, sondern strahlte seine natürliche Freundlichkeit aus.

„Du hast bestimmt genauso viele Fragen, wie wir alle, als wir hier ankamen", fügte Qiang vollkommen akzentfrei hinzu.

„Natürlich, ich komme gern, bin gleich bei euch."

Treffen im Gemeinschaftsbad

Kaum unter der Dusche schlichen sich seine Gedanken
schon wieder klammheimlich zu Michaela. Seine Miene
zeigte ein entrücktes Lächeln, das einfach nicht wieder
weichen wollte. Nichts hier im Himmel hatte ihn so ver-
zaubert wie dieser hinreißende Engel. Obwohl sie sich
doch erst vor wenigen Minuten getrennt hatten, spürte
er schon jetzt, ein so heftiges Verlangen nach ihrer
Nähe, dass es fast schmerzte. Seine Empfindungen für
Michaela, schienen durch ihre Abwesenheit noch gewachsen zu sein.

Er versuchte sich vorzustellen, wie sie wohl ohne ihre
mächtigen, schneeweißen Schwingen aussehen würde.
Nicht dass er sie als wirklich störend empfand, aber ein
wenig gewöhnungsbedürftig waren sie schon. Er stellte

sich vor, wie er in seinem Heimatort mit ihr gemeinsam durch die Straßen schlendern und vergnügt in all die verdutzten Gesichter sehen würde. Obwohl einige empört den Kopf schütteln werden, weil sie denken, die beiden Verrückten wollen nur um jeden Preis auffallen; doch auch jene würden letztlich Michaelas Schönheit erliegen.

Auf jeden Fall könnte Michaela, die nicht nur mit äußerlicher Schönheit gesegnet war, Gottfrieds wundervollsten Träumen entsprungen sein. Denn sie besitzt auch innere Werte, die mit ihrer Schönheit mithalten können. Dabei würde keine Rolle spielen, ob sie ihn nun mit oder ohne Flügel begleiten würde.

Widerwillig verdrängte er die Vorstellung daran, aber jetzt musste er sich vorerst mit den aktuellen Gegebenheiten auseinandersetzen.

„Sollte man sie mir nicht anders zur Seite stellen, nehme ich sie natürlich auch mit ihrem eindrucksvollen Federschmuck? Wer weiß, vielleicht würde ich ihn ja eines Tages sogar vermissen. Und was gehen mich die anderen Leute an?"

Die Erinnerung an Michaela, ließ ihn auf einmal nachdenklich werden. Eine alte, lange vergessene Frage tauchte wieder auf: Warum sagt man eigentlich „der Engel"? Ich kann absolut nichts Maskulines an einem Engel entdecken. Sollte es Engel beiderlei Geschlechts geben, bleibt die Frage, warum wir immer nur vom männlichen reden? Wenn ich an die Kleidung der katholischen Geistlichen denke, glaube ich, dass dort möglicherweise die Erklärung zu finden ist.

Vom Pool her drang schallendes Gelächter an sein

Ohr und holte ihn aus seiner kindlichen Gedankenwelt zurück.

Er stellte die Dusche ab, ging die wenigen Schritte zum Beckenrand und stieg über die Treppe in den Pool. Während die beiden anderen Schwimmer freundlich grüßend an ihm vorbeizogen, um den Pool in bester Laune schon wieder zu verlassen, tauchte Gottfried in das wunderbar, warme Wasser ein.

Gern wäre er noch einige Runden geschwommen, denn nackt wie er war, spürte er ganz besonders intensiv, wie angenehm und stimulierend sich jede Bewegung auf der Haut seines neuen Körpers anfühlt. Doch er war zu gespannt auf die Unterhaltung mit Mike und Qiang, weshalb er sein Schwimmvergnügen ungeduldig abbrach und entschlossen aus dem Pool stieg.

Als er sich nach einem Badetuch umsah, sah ihm Mike amüsiert zu und zeigte dann großmütig auf einen am Boden befindlichen Kreis aus etwas dunklerem Marmor, ganz in der Nähe der Duschen, der sich durch ein bizarres Muster deutlich vom übrigen Marmor abhob.

„Stell dich einfach auf den Kreis dort hinten, dann wirst du sehen, warum wir hier keine Badetücher benötigen."

Ohne weiter zu fragen, ging Gottfried unsicher auf den Kreis zu. Gerade jetzt wäre ihm ein Badetuch lieber gewesen, als ein göttlicher Zauber, denn er glaubte die Blicke der anderen auf seinem Hinterteil zu spüren.

Er schüttelte seine Badelatschen von den Füßen und stellte sich barfuß in den Kreis. Nach einem dezent schlürfenden Geräusch, das sich ähnlich anhörte, als würde ein Kind versuchen, mit einem Strohhalm den

Rest Kakao aus seinem Glas zu saugen, war er samt Haut und Haaren, tatsächlich vollständig trocken.

Während Gottfried noch leicht verwirrt dreinschaute, winkte Mike ihn zu sich heran und wies auf die Sonnenliege, die sie ihm schon zurechtgerückt hatten.

Inzwischen hatte er sich ein wenig mit seiner Nacktheit abgefunden und fragte sich im Nachhinein, vor wem er eigentlich Hemmungen haben sollte. Denn die Herren würden sich wohl kaum in einem Wettbewerb befinden, in dem es darum geht, wer von ihnen die imposanteste Männlichkeit vor sich hertragen würde.

„Wenn du schon anderen Männern auf den Penis schaust, so wirst du auch damit rechnen müssen, dass du irgendwann einmal den Kürzeren ziehst", dachte er beiläufig. Dummerweise war ihm das etwas zu spät eingefallen, denn nach einem verstohlenen Blick auf die anderen Herrschaften, hatte sein Selbstbewusstsein bereits eine deftige Schramme abbekommen. Jetzt blieb ihm nur noch die Hoffnung, dass sich alle anderen an die Regeln des Anstands halten würden, und das hieße, sie wären höflich genug, ihm nur ins Gesicht zu schauen. Doch die Herren machten einen vollkommen unbefangenen Eindruck und gingen nicht nur mit ihrer eigenen Nacktheit wie selbstverständlich um, sondern schlossen auch Gottfried in die Natürlichkeit mit ein.

„Komm her, Gottfried, setz dich zu uns und mache es dir bequem", sagte Mike und zeigte seine makellosen, strahlend weißen Zähne.

„Nun erzähl uns erst einmal, woran du gestorben bist – und vor allem, in welchem Alter dich dein Schicksal ereilte."

Beide saßen auf ihren Ruheliegen und sahen erwartungsvoll zu ihm auf. Weil ihm ihr aufwärts gerichteter Blickwinkel neuerliches Unbehagen bereitete, nahm er den angebotenen Platz schnell und dankbar an.

„Das ist ja einfacher, als ich erwartet hatte", dachte er, „wenn sie von sich aus schon mit solchen Fragen kommen, dann muss ich mich mit meinen natürlich auch nicht zurückhalten."

Er atmete einmal tief durch und begann dann nahezu unbefangen von sich zu erzählen.

„Ich bin im zarten Alter von dreiundneunzig Jahren gestorben." Bevor er weiterredete, schüttelte er den Kopf und konnte sich ein Grinsen nicht verkneifen. „Leider kann ich euch nicht verraten, was mir letzten Endes den Rest gegeben hat. Aber ich denke, wenn so ein alter Körper merkt, dass er keine Lust mehr hat, dann stellt er nach und nach alle Funktionen ein und hört einfach auf zu leben."

Wieder lachten die beiden um die Wette, bis Qiang glucksend hervorbrachte, „Ich kann dir sagen, wie man die Krankheit nennt, mein lieber Gottfried: Altersschwäche. Wenn du daran gestorben bist, bist du ein Glückskind; bei uns in China ist diese Todesursache, schon seit Jahrhunderten praktisch ausgestorben. Ich habe sogar meine berechtigten Zweifel, ob es die bei uns jemals gegeben hat."

Ihm verging sein typisch asiatisches Lächeln, als er mit der Hand über seinen Hals glitt und sagte, „auch ich bin nicht im Bilde darüber, wie sich natürlicher Tod und Altersschwäche anfühlen."

„Du wirst hier im Himmel ohnehin nur äußerst wenige finden, die das Glück hatten, eines natürlichen Todes gestorben zu sein", sagte Mike, der inzwischen auch wieder etwas ernster geworden war.

„Mich zum Beispiel, haben Polizisten bei einer Drogenrazzia erschossen; natürlich nur aus Versehen."

„Aber wie kann so etwas aus Versehen passieren, ich weiß zwar, dass es immer wieder irgendwo auf der Welt geschieht, trotzdem kann ich mir nicht vorstellen, dass es einfach passiert, ohne wenigstens einen unglücklichen Zufall." Gottfried war aufrichtig betroffen.

„Ich zum Beispiel, hatte Besuch von einem netten Mädchen. Nichts Ungewöhnliches, sie war schon einige Male bei mir. Sie war zwar, wie manche sagten, ein Flittchen, aber das war vielleicht ja gerade der Grund, warum wir so viel Spaß miteinander hatten."

Mike kratzte sich verlegen am Kopf, als hätte er jetzt mehr verraten, als er ursprünglich vorhatte.

Also, wie ich schon sagte, Milly und ich, hatten immer Spaß miteinander, und wie jedes Kind weiß, gehören auch Musik und Alkohol dazu. Da wir die Spielchen im Bett an diesem Abend schon hinter uns hatten, waren jetzt Musik und ein paar Bierchen an der Reihe. Die Musik hatten wir schon so hemmungslos laut aufgedreht, dass auch die Nachbarn etwas davon hatten. Was uns also zu unserem Glück noch fehlte, waren eine Flasche Wein für Milly und die Bierchen für mich. Deshalb bin ich noch einmal in meine Hose gestiegen, um von der Tankstelle an der Ecke, ein Sechserpack Bier und den Wein zu besorgen. Einen schweren Roten, wie ihn Milly liebte.

Während ich mich weiter anzog, hatten wir noch ein

bisschen herumgealbert. Gutgelaunt wollte ich mich dann auf die Socken machen, damit wir den Abend auch weiterhin in fröhlicher Stimmung gestalten konnten. Doch als ich mich in der Tür noch einmal nach Milly umdrehte, um ihr einen Handkuss zuzuwerfen, war das gleichzeitig mein letzter angenehmer Moment unter den Lebenden. Fröhlich zog ich die Tür ins Schloss und wollte gerade auf die Straße treten, als ich auch schon im Kugelhagel zusammenbrach."

Als Mike Gottfrieds entsetzten Gesichtsausdruck sah, fügte er schnell noch hinzu, dass er absolut nichts gespürt hatte.

„Nun mach dir bloß keine großen Gedanken deshalb, da war nichts weiter. Ich hatte nicht einmal Schmerzen gespürt, bis auf den winzigen Moment, als ich auf der Erde aufschlug. Aber da war ich ja praktisch schon auf dem Weg ins Himmelreich, um es mir hier zu Füßen unserer göttlichen Wesen gut gehen zu lassen."

Mike schien gewisse Erinnerungen auch jetzt noch zu genießen, doch dann dachte er an das Mädchen, das er zurückgelassen hatte.

„Milly hat mehr darunter gelitten, als ich für möglich gehalten hatte. Es war nicht nur die oberflächliche Beziehung, wie ich glaubte. Leider hab' ich das zu spät bemerkt."

Nach den letzten beruhigenden Worten wirkte Gottfried tatsächlich etwas entspannter, und wer ihn sich genauer ansah, konnte schon wieder ein zaghaftes Lächeln entdecken.

„Du hast uns aber noch nicht erzählt, warum sie überhaupt auf dich geschossen haben."

„Entweder stand ich denen nur in einem dusseligen Moment im Weg, oder aber sie hatten einen Tipp ihrer Informanten missverstanden. Was natürlich auch möglich ist: Ich kam ihnen gerade recht, einfach nur wegen meiner Hautfarbe. Wenn der Sheriff einen Fahndungserfolg braucht, weil seine Wiederwahl ansteht, lässt er eben auf einen Schwarzen schießen. Das kommt in einigen Staaten immer gut an. Sie haben einen Täter und müssen keine Fragen mehr beantworten.

Etwas in der Art wird es wohl gewesen sein. Mir haben sie es ja nicht mehr erklären müssen."

Die furchtbare Erinnerung spiegelte sich aus heiterem Himmel in seinem Gesicht wider.

„Auch heute noch, hält es in den USA niemand für nötig, einem Schwarzen etwas erklären zu müssen", fügte er nach kurzem Schweigen, als wäre er geistig abwesend hinzu.

„Das tut mir leid", sagte Gottfried betreten.

„Gerade im überwiegend christlich geprägten Amerika, sollte doch bekannt sein, dass vor Gott alle Menschen gleich sind. Warum machen sie denn ausgerechnet dort diese furchtbaren und widersinnigen Unterschiede?"

„Solltest du glauben, die Kirche sei daran unschuldig", erwiderte Mike, der sich mit einem Mal empört aufrichtete, „dann irrst du dich aber ganz gewaltig. Genau das Gegenteil ist nämlich der Fall. Von der Kanzel predigen sie, dass Gott farbenblind ist, und alle Menschen vor ihm gleich sind. Vielleicht glauben die Pfaffen sogar selbst daran. Aber warum sind sie nicht in der Lage ihren Schäfchen zu vermitteln, dass sie sich an

Gottes Dogmen zu halten haben? Was soll dieser ganze Zirkus mit der Kirche, wenn letztlich doch jeder macht, was er will?"

Fragend hatte er seine Hände vor Gottfried ausgebreitet, ballte sie plötzlich jedoch zu gewaltigen Fäusten, um dann wütend mit seinen Vorwürfen fortzufahren.

„Du hast doch sicher auch schon gesehen, dass sich ausgerechnet die schlimmsten Mafiosi die dicksten Kreuze um den Hals hängen. Die sind natürlich aus purem Gold, mit Brillanten besetzt und mit Blut bezahlt. Und hast du auch nur einmal gesehen, dass wenigstens einer dieser brutalen Halunken, im hohen Bogen aus der Kirche geworfen wird? Wohl kaum. Obwohl sie ständig unverhohlen mit Raub und Mord gegen die göttlichen Gebote verstoßen, greift niemand ein. Schon gar nicht jemand aus der Kirche. Weil die Verbrecher auch nicht davor zurückschrecken, einen Pfaffen umzulegen. Und die Pfaffen haben Angst, weil sie nicht davon überzeugt sind, dass sie in den Himmel kommen. Es kann ja sein, dass sie nicht an das glauben, was sie predigen."

Seine zornige Mine verfiel in schwache Züge resignierender Verzweiflung.

„Seht euch zum Beispiel mal den Klan an, ich meine natürlich den Ku-Klux-Klan, den werdet ihr ja alle kennen."

„Unglaublich, dass es solche Mörderbanden heute überhaupt noch gibt", sagte Gottfried ehrlich entrüstet.

„Die meiste Zeit wurden sie in der Öffentlichkeit nur nicht erwähnt; man hat sie einfach totgeschwiegen. Doch wie seit jeher treibt diese mordende Verbrecherbande ihr grausames Spiel weiter. Ungebrochen und vor den Augen der ganzen Welt", fuhr Mike aufgebracht fort.

„Der Name Gottes wird gerade von denen liebend gern missbraucht, die am meisten auf dem Kerbholz haben. Die weißen Gesetzeshüter interessieren sich doch nur für die Verbrechen, die an Weißen verübt werden. Findet sich nicht gleich ein Täter, dann greift man sich eben einen Schwarzen. Wenn irgendwo, bei irgendeiner Gelegenheit ein Schwarzer aufgefallen ist, dann kannst du sicher sein, dass man sich bei der nächsten Tätersuche sofort an ihn erinnert."

„Werden sie deshalb etwa mit Blitz und Donner vom Zorn Gottes getroffen? Natürlich nicht. Oder sucht er sie mit schlimmen Krankheiten heim? Nein, auch von der Kirche werden sie nicht an den Pranger gestellt, oder wenigstens im Ansatz glaubwürdig, von der Kanzel herab an Gottes Gebote erinnert."

Seine unverhohlene Wut über das Geschehene, hatte Mike für einen Moment in absolut verständliche Rage gebracht. Dennoch beruhigte er sich trotz allem erstaunlich schnell wieder.

Als hätte Mike einen Erdrutsch verursacht, meldete sich nun auch Qiang ziemlich aufbrausend zu Wort.

„Wenn ihr allen Ernstes glaubt, dass die kleinen Ganoven von der Straße, die schlimmsten Verbrecher sind, dann irrt ihr euch aber ganz gewaltig, Freunde. Die, die oben in den Regierungsämtern sitzen, die sind die tatsächlichen Bestien. Denn sie sind diejenigen, die Gewalt im großen Stil ausüben. Die haben nicht nur die Mittel, sondern sie besitzen obendrein die Macht dazu, Menschen massenhaft zu foltern oder zu töten. Aber, das wirklich perfide daran ist, dass sie nicht einmal befürchten müssen vor Gericht gestellt zu werden, denn sie selbst schreiben ja die Gesetze nach ihrer persönlichen Vorstellung und sorgen somit auch gleich für deren Durchsetzung – oder eben nicht. Ganz wie sie es für richtig halten."

Jetzt bemerkte auch Mike, wodurch Gottfried für einen Moment abgelenkt wurde.

„Ach da sind ja unsere beiden Sonnenanbeter".

Gottfried zugewandt, sagte er: „Du musst wissen, wir haben hier auch eine Sonnenbank. Die beiden lieben es einfach da herumzuliegen und dummes Zeug zu reden."

Die beiden wollten protestieren, doch Mike ließ ihnen nicht die Zeit.

„Ihr habt doch sicher gesehen, dass wir einen neuen Nachbarn in unseren Reihen begrüßen dürfen."

Er zeigte mit einer feierlichen Geste auf Gottfried und stellte ihn den beiden vor.

„Liebe Freunde, hier seht ihr nun unseren neuen Mitbürger Gottfried. Er wurde soeben unserer Hausgemeinschaft zugeteilt, nachdem er sich von der Erdbevölkerung verabschiedet hat. Genauer gesagt, kommt er aus dem zwar kleinen, aber dennoch äußerst bekannten Deutschland."

Mit gespielter Anstrengung erhob Mike sich von seiner Liege und wies auf das ungleiche Paar.

„Mein lieber Gottfried, diese beiden Hausgenossen solltest du dir besonders gut einprägen. Sie sind immer für ein Späßchen gut. Der eine von ihnen", Mike legte dem Herrn mit dem dunklen Teint eine Hand auf die Schulter, ist unser lieber Balu. Er kam aus dem feuchten und ziemlich warmen Indien zu uns. Und dann haben wir noch Alexej, der, wie man unschwer an seiner vornehmen Blässe sehen kann, aus dem frostigen Russland stammt. Von den beiden wirst du sicher etwas lernen können, vorausgesetzt, du bist ähnlich veranlagt wie sie. Denn die beiden haben einen interessanten Weg gefunden, sich hier zu amüsieren, ohne dass die Götter etwas von ihrem schändlichen Treiben mitbekommen. Es könnte aber auch sein, dass den Göttern aus einem unerfindlichen Grund egal ist, wie die beiden hier ihre Zeit verbringen. Aber das werden sie dir wohl liebend gern selbst erzählen."

Allesamt rückten sie ihre Ruheliegen zu einem Halbkreis zusammen, hockten sich aufrecht hin und warteten gespannt auf die Enthüllungen der beiden Schwerenöter.

Alexej begann in gedämpftem Tonfall zu erzählen, als hätte er plötzlich Angst bekommen, er könnte irgendwo, von einer anderen Person belauscht werden.

„Also gut", legte er los, „für unsere schönsten Stunden nutzen wir eine Einrichtung, in der wir unbeobachtet sein können. Dafür ist ausgerechnet der Hörsaal wie geschaffen. Und wir sind nicht etwa die einzigen Studenten, als die wir uns gern bezeichnen, die das ausnutzen."

„Ja, ja, wir sind Studenten, Alex. Was wir hier wohl studieren sollten?", mischte sich Balu ein, „hier wirst du keine Seele finden, der du mit dieser Version imponieren kannst. Du glaubst wahrscheinlich auch noch, dass du eines Tages, nach Beendigung deines Studiums, mit den Göttern gemeinsam an einem Tisch sitzen wirst?"

„Nun wirf mir das doch nicht immer wieder vor",

wehrte sich Alexej, „warum gehen wir denn jeden Tag, den Gott werden lässt, in diesen öden Hörsaal?"

„Na gut", sagte Balu, „von mir aus sollst du recht haben. Aber lass uns doch zum Thema zurückkommen. Genau genommen ist es ja so gedacht, dass niemand etwas von dem ewigen rein und raus mitbekommt, denn es sollte niemand im Hörsaal stören und niemand gestört werden. Und das ist schon das ganze Geheimnis. Wir halten uns daran. Wir stören keinen und keiner stört uns."

„Aber das Beste daran ist natürlich", fügte Alexej freudig erregt hinzu, „dass für unsere Engel, die gleichen Regeln gelten, zumindest dort, wie für uns."

Als Gottfried das hörte, zog er sich sofort in seine eigene Traumwelt zurück. Und in dieser Traumwelt spielte ein Unschuldsengel die Hauptrolle. Seine Mundwinkel schienen auf geheimnisvolle Weise den lieblichen Namen Michaela zu formen.

Erst als er bemerkte, dass alle schwiegen und ihn mehr wissend als fragend, verschmitzt grinsend ansahen, fand er in die Gegenwart ohne Engel zurück. Hilflos musste er hinnehmen, dass ihm eine ungeheure Hitze in den Kopf stieg und seinen bis dahin blassen Teint, augenblicklich puterrot färbte.

Mike war dann der Erste, der Erbarmen mit Gottfried hatte und wollte sein Mitgefühl zeigen, indem er versuchte ihn mit seinem eigenen Schuldgeständnis zu beruhigen.

„Nun fasst euch mal schön an eure eigene Nase. Ich denke, als wir davon hörten, hatten wir alle die gleichen oder zumindest ähnlichen Gedanken, Gottfried. Du bist auch hier im Himmel nicht der einzige, der mit unkeuschen Gedanken einhergeht."

In der Tat beruhigte er sich und lächelte sogar schon wieder, wenn auch noch ein wenig verlegen und schuldbewusst.

„Du darfst nicht vergessen, dass jeder von uns, die Frau seiner Träume zur Seite gestellt bekam. Und diese verstehen natürlich, die schönsten Erinnerungen in uns wach zu kitzeln und verwandeln uns im Handumdrehen, in hilflose, possierliche Weicheier, die nur noch sabbern müssten, um die Idiotie perfekt zu machen. Schließlich sind wir doch alle nur Menschen, wenn wir auch tot sind, so sind wir doch in den Händen dieser fabelhaften Wesen, immer noch die leicht zu gängelnden Hampelmänner, die wir schon unser Leben lang waren."

Alexej protestierte, „mag ja sein, dass ihr Hampelmänner seid oder gewesen seid, bei meinem Engel halte ich die Strippen fest in der Hand."

„Träum ruhig weiter", sagte Qiang, „wir sehen doch, wie hilflos geifernd du hinter ihr her hechelst."

Jetzt hielt Alexej lieber den Mund, den er anscheinend wieder einmal etwas zu voll genommen hatte.

„Und warum machen dann nicht alle das gleiche – sich nämlich dort zu amüsieren, wo es ihnen ungestraft möglich ist?", fragte Gottfried, doch im selben Moment ging ihm ein Licht auf, das seine Frage lieber im Dunkeln hätte lassen sollen. Bevor sich einer der Anwesenden dazu äußern konnte, gab er schnell selbst die Antwort, „Dann würde es natürlich danach aussehen, als würde sich niemand mehr für die Veranstaltungen der Götter interessieren."

„Ganz richtig, Gottfried, so ist es. Mit deiner Antwort hast den Nagel auf den Kopf getroffen, wer hätte das gedacht?", fragte Alexej.

„Viele wollen doch tatsächlich aus religiösen Gründen keinen physischen Kontakt zu ihren Engeln haben. Die haben noch immer nicht begriffen, was das Leben so lebenswert macht. Von mir aus könnt ihr es auch weiterhin als Tod bezeichnen. Aber dann bleibe ich dabei, dass mir der Tod zehnmal lieber ist, als es mir mein Leben war."

„Du scheinst auf jeden Fall hirntot zu sein", sagte Balu kichernd, „wenn du uns etwas von einem lebenswerten Tod erzählen willst, kann bei dir im Oberstübchen etwas nicht stimmen."

„Ja, ja, du Schlaumeier, du weißt doch, was ich meine. Jeder hier weiß das."

Selbst der sonst so besonnene Alex wirkte jetzt etwas genervt von der Unterbrechung, fasste sich aber wieder und fuhr so sachlich wie möglich mit seiner Schilderung fort.

„Also, wo war ich stehen geblieben? Ach ja, mit allen anderen haben wir uns abgesprochen; wir vergnügen uns sozusagen im Schichtbetrieb. Die eine Gruppe amüsiert sich, während die andere den Vorträgen lauscht. Und damit wir keinen Verdacht erregen, wechseln wir uns in unregelmäßigen Abständen ab."

„Auch wenn ihr es noch so geschickt anstellt, glaubt ihr doch nicht wirklich, dass die Götter von eurem Treiben nichts mitbekommen", sagte Gottfried. „Ich denke eher, dass sie euch euren Spaß nicht verderben wollen."

„Das kann schon sein", meldete sich Mike wieder zu

Wort, „sie wären gut beraten, uns bei Laune zu halten, immerhin sind wir diejenigen, die ihre Mission durchführen sollen."

„Und dann gibt es noch einen ganz anderen Aspekt", sagte Alex, „Was haben sie denn in den tausenden von Jahren alles durchgehen lassen? Damit meine ich nicht einmal die üblichen Verbrecher wie Hitler, Stalin und Konsorten, sondern wirklich alle, die ihren Mitmenschen übel mitgespielt haben. Vergewaltigung, Kindes-Misshandlung, Diebstahl, Tierquälerei, besoffen mit dem Auto fahren und was es sonst noch alles gibt."

„Wenn ich allein an die Schweinereien denke, die auf das Konto der katholischen Würdenträger gehen, kann ich nur sagen, da hat auch kein Gott hingeschaut oder gar eingegriffen, um den Schwachen hilfreich zur Seite zu stehen. Über Strafen brauchen wir gar nicht erst zu reden."

„Die Frage ist doch: wollten sie nicht hinsehen oder konnten sie nicht?"

„Ich glaube, sie haben nichts gesehen, weil sie nichts sehen wollten", sagte Alexej, „sonst hätten sie entweder den lieben langen Tag gekotzt, oder die gesamte Menschheit mit einem Schlag hinweggefegt."

Aber Gottfried hatte eine andere Erklärung parat.

„Wenn es tatsächlich so gewesen sein soll, dass Menschen die Götter erschaffen haben, nicht umgekehrt, dann würden sie natürlich auch mit vielen Fehlern ausgestattet sein. Mit eben genau denselben Fehlern, die uns Menschen auszeichnen."

Für diese äußerst gewagte These erntete er zunächst ziemlich verdutzte und ratlose Blicke. Erstaunlich schnell kamen sie dann alle gemeinsam auf den Gedanken, dass die Überlegung gar nicht so abwegig war, wie es zunächst schien. Doch wie hatte es dann zu einer einheitlichen Regelung unter den Herrschern im Himmelreich kommen können? Wenn man nur an das Chaos unter den unterschiedlichen Religionen denkt, was mit Chaos noch als verharmlosend bezeichnet wäre. Trotz pingelig ausgearbeiteter Gesetze war nicht daran zu denken, dass es zu Rücksicht und friedlichem Umgang miteinander kommen würde. Da kämpfte jeder seinen eigenen Kampf; ohne sich an die angeblichen Vorgaben der Götter zu halten. Selbst viele der zahlreichen Kirchgänger, die geloben, den göttlichen Geboten Folge zu leisten, vergessen außerhalb der Kirche, jeden Anstand und Respekt. In den Gotteshäusern wird Wein gepredigt, vor der Tür in Blut gebadet.

Doch immerhin konnten sich Alex, Balu und selbst Gottfried darauf einigen, dass den Göttern bei der Planung des Auditoriums kein Fehler unterlaufen war, sondern den Anwesenden ein gewisser Freiraum angeboten wurde, um sie bei Laune zu halten.

Mike hatten sie allerdings noch nicht restlos überzeugen können.

„Wenn ich danach urteilen sollte, was ich bisher von den anderen gehört habe", sagte Mike, „ist die überwiegende Mehrheit immer noch der Meinung, dass den Göttern ein Fehler unterlaufen ist, oder sie sind in dem irrigen Glauben, alle hier Anwesenden wären zu anständig, um die Situation in irgendeiner Weise schamlos auszunutzen."

Als hätten sie sich verabredet, sahen alle gleichzeitig

Alexej an und grinsten bis über beide Ohren.

„Was", fragte Alexej, „was ist denn? Warum seht ihr mich so an? Ich bin doch nicht der einzige, der dort seinen Spaß hat."

„Nein, natürlich nicht", sagte Qiang fröhlich, „aber wir teilen die Freude besonders gern mit dir."

Mike wollte seinen Gedanken dennoch zu Ende bringen, „Wenn niemand darüber redet, ist doch uns allen damit geholfen. Denn, wenn keiner herausfinden möchte, ob uns die Götter dieses harmlose Vergnügen wieder streichen würden, bleibt alles, wie es ist."

Die meisten waren sicher Nutznießer dieser großzügigen Einrichtung, einigen war es jedoch einfach egal, andere wiederum mochten sich nicht gegen die stellen, die ihre Freude daran hatten. Jeder hatte seinen individuellen Grund den Mund zu halten, ohne dass darüber Streit ausbrach. Es wurde mit der Zeit zu einem ungeschriebenen Gesetz und deshalb von nahezu jedem akzeptiert.

Gottfried erinnerte sich an eine Bemerkung von Michaela, die sie ihm bisher nicht definiert hatte. Darum hoffte er auf eine Erklärung von jemand aus dieser Runde, schließlich waren sie alle schon länger hier, als er.

„Michaela erzählte mir, dass uns die Götter für einen bedeutungsvollen und absolut notwendigen Plan ausgewählt haben. In dem Hörsaal sollen wir für die Aufgabe vorbereitet werden. Weiß einer von euch, was sie damit gemeint haben könnte?"

„Ja natürlich, sie bereiten uns auf eine Rückkehr vor", sagte Balu.

„Was meinst du mit Rückkehr?"

„Na, es geht auf die Erde zurück. Sie wollen uns wieder unter die Lebenden schicken."

„Wie soll ich das verstehen?", fragte Gottfried überrascht, „werden wir wiedergeboren, oder müssen wir etwa noch einmal sterben, weil wir beim ersten Mal etwas falsch gemacht haben? Haben wir uns nicht abgemeldet oder so etwas?"

Alexej schüttelte sich vor Lachen und Balu sagte nur ganz sachlich: "Nichts dergleichen, wir sollen den Göttern helfen, ihren Frieden zu finden. Dazu müssen wir eine ziemlich heikle Aufgabe für sie erledigen."

„Ja", bestätigte Mike, „wir gehen so, wie wir jetzt sind, wieder auf die Erde. Allerdings diesmal mit einer göttlichen Mission und einem göttlichen Engel am Hals."

„Und auf diese Mission sollen wir im Hörsaal vorbereitet werden", ergänzte Qiang, „weshalb auch du dich gelegentlich dort sehen lassen solltest. Selbst wenn du nur gelegentlich an deren Frage- und Antwortspiel teilnimmst, sind sie schon ganz zufrieden. Allerdings müsstest du dich auch gelegentlich zu Wort melden. Denn sonst nimmt dich niemand wahr, wie du weißt."

„Und denk daran, dass du deine Finger bei dir behältst, und nicht an deinem Engel fummelst, solange du an den Diskussionen teilnimmst."

Für Alexej schien diese Vorstellung eindeutig die größte Schwierigkeit zu sein. „Schmusen gibt es nur, wenn du deinen Mund hältst, sonst werden sie uns diese Möglichkeit vielleicht doch wieder streichen."

„Und was für eine Aufgabe soll das sein, die sie für so wichtig halten, dass sie dermaßen viel Aufwand betreiben, um sie zu realisieren?" wollte Gottfried wissen.

„Das ist der größte Knaller überhaupt", meldete sich Alexej in seiner flapsigen Art, „die wollen, dass wir sie abschaffen."

„Wie bitte? Wir sollen die Götter abschaffen?"

„Schwer zu glauben, aber genau so ist es."

„Auch wenn es kaum vorstellbar ist, aber die haben schon ziemlich lange und gründlich die Schnauze voll von uns. Sie wollen unser Gejammer nicht mehr hören.

Gottfried verstand die Welt nicht mehr. „Die haben doch alles selbst in der Hand. Wenn überhaupt jemand machen kann, was er will, dann ist das sicherlich Gott, oder die Götter, oder … ach, ich weiß auch nicht."

„Du hast anscheinend noch nicht verstanden, wie die ganze Chose entstanden ist: der Himmel, die Hölle, alle Götter, die es jemals gab, nebst Engeln und was sonst noch alles dazu gehört."

„Dann ist es wohl langsam an der Zeit, dass mich endlich jemand aufklärt."

„Du scheinst ja immer noch zu glauben, dass die Menschen von den Göttern erschaffen wurden. Doch lass dir gesagt sein, dass tatsächlich schon die ersten, denkenden Zweibeiner nach Erklärungen für alle möglichen Naturereignisse gesucht haben. Und davon gab es auch damals schon jede Menge, vermutlich noch mehr als heute: Feuer, Wasser, Sonne, Regen; warum wächst das Gras oder woher kommt der Wind; die Sterne und der Mond; woran liegt es, dass es abwechselnd hell oder dunkel ist?"

„Da hast du aber noch eine ganze Menge ausgelassen", meldete sich nun auch Qiang zu Wort. „Pflanzen, Tiere, Ebbe und Flut …"

„Ist ja gut, Qiang, wir haben verstanden. Es geht hier doch nur um ein paar Beispiele, um Gottfried zu verdeutlichen, welche Probleme die ersten Menschen, mit der Natur und allem Drum und Dran, hatten."

„Aber deshalb gibt es doch nicht plötzlich auf jede Frage, die passende Antwort." Gottfried wollte sich noch nicht geschlagen geben.

„Wie ihr mir die Sache schildert, geht es nach dem Motto: Wenn ich nicht weiterweiß, baue ich mir eben den entsprechenden Gott, schon habe ich jedes Rätsel gelöst."

„Du stellst es dir jetzt zu einfach vor, weil du innerlich noch dagegen angehst", sagte Mike beschwichtigend. „Es zog sich natürlich über einen sehr langen Zeitraum hin. Wobei das Entscheidende war, dass sich die Menschen vermehrten und sich dann gemeinsam auf die Suche nach göttlichen Erklärungen machten. Erst der gemeinsame und überaus intensive Glaube machte die Götter möglich.

Demnach sind sie also das Produkt, leidenschaftlicher, menschlicher Fantasie. Erst durch diese gebündelte Kraft der Gedanken wurden sie materialisiert und für die Menschen realisiert."

„Bevor ich euch zusehen bekam und vor allem die Engel, war das ganze Wolkengespinst auch für mich nichts anderes, als bloße Fantasie. Selbst meinem Engel Michaela war es bisher nicht restlos gelungen, mich vom Gegenteil zu überzeugen", sagte Gottfried, der schon wieder sichtlich verwirrt war, „und nun kommt ihr mir auch noch mit so einer wahnsinnigen Geschichte daher."

„Da mussten wir alle durch", sagte Qiang, „aber das Tollste an der Geschichte ist eigentlich, dass die Götter, wenn sie schon keine Lust mehr zu dem ganzen Theater haben, nicht in der Lage sind, die merkwürdige Veranstaltung selbst zu beenden."

„Ich frage mich eher, was ihnen an ihrem göttlichen Dasein missfällt?"

„Ich glaube, davon hättest du auch ziemlich schnell die Schnauze voll. Sie sind ständig in der Pflicht; müssen immer verfügbar sein und können sich niemals zurückziehen, um, wie jeder einfache Mensch, in Ruhe seine verdiente Pause zu machen", sagte Mike. „Die Menschen dagegen, machen, was sie wollen; sollte in ihrem Leben etwas schiefgehen, wird eben ein zusätzliches Gebet gen Himmel geschickt. Sich selbst auf die Suche begeben, um nach Lösungen für ihre Probleme zu finden, darauf kommen sie nicht. Es ist ja viel einfacher, andere um Hilfe zu bitten, als selbst aktiv zu werden. Wenn es dann auch noch ein Gott ist, der einem helfen könnte, was sollte dann noch schiefgehen. Und genau da kommen wir auf den Punkt. Sie können dieses ständige Gejammer nicht mehr hören. Dauernd sollen sie etwas hinbiegen, ausbügeln, jemanden heilen oder retten; beim Spiel, oder im Krieg über jemanden die Oberhand haben lassen. Deshalb sagen sie, die Menschen sind mehr mit Bitten und Betteln beschäftigt, als sich selbst Gedanken über ihr Dasein zu machen. Für alles Mögliche und Unmögliche sollen die Götter herhalten und Lösungen finden. Für den Sieg beim Sport oder die kranke Oma; der eine will Sonnenschein für seine Ernte, der andere braucht mehr Regen, der nächste möchte es kalt, ein weiterer will es unbedingt warm haben. Wie soll das funktionieren?"

„Das geht natürlich nicht", war Gottfried sofort einsichtig. „Angenommen, zwei Mannschaften treten gegeneinander an, und beide beten dafür, dass sie das Spiel gewinnen mögen, dann stoßen natürlich auch Götter an ihre Grenzen."

„Der eine Urlauber fliegt für den Strandurlaub der Sonne entgegen", griff Mike den Gedanken auf, „der Skiurlauber fährt in die Berge, und zwar im Winter. Warum können die Landwirte nicht ähnlich planen. Im Süden werden Orangen und Paprika angebaut, im Norden Getreide und alles, was mehr Regen braucht."

„Und nun sagen die Götter", mischte Alex sich ein, um auf den Ausgangspunkt ihres Gesprächs zurückzukommen, „da ihr Menschen uns erschaffen habt, müsst ihr uns auch wieder abschaffen. Schließlich tragt ihr die Schuld daran, dass es uns überhaupt gibt. Wenn ihr abstellen könntet, dass so unermesslich viele Menschen, so fest an uns glauben, dann gäbe es uns schon bald nicht mehr und wir hätten endlich unsere Ruhe. So einfach ist das – das glauben jedenfalls die Herrschaften, die wir offensichtlich erschaffen haben. Dass ich das anders sehe, interessiert die ohnehin nicht."

Gottfried fiel ein, dass er noch nicht gehört hatte, wie die anderen zu dieser ehrenvollen Aufgabe gekommen waren. Was einen Chinesen für den Einsatz gegen die Götter qualifizierte, interessierte ihn am meisten. „Qiang, ich glaube, du bist erst einmal an der Reihe, zu erzählen, wie du in den Kreis der Auserwählten gelangt bist."

„Na gut, auch auf die Gefahr hin, dass sich die anderen wieder langweilen, weil sie die Geschichte schon kennen. Auch du sollst schließlich wissen, mit wem du es zu tun hast."

Er lehnte sich auf seiner Liege zurück, schloss die Augen und tauchte wieder einmal in seine unerfreuliche Vergangenheit ein.

„Ich wuchs in einer Kleinstadt der euch sehr wahrscheinlich unbekannten Provinz Sichuan, auf. Meine Eltern hatten mir dort ein kleines, bescheidenes Restaurant hinterlassen. Wie schon meine Eltern und alle anderen in der Umgebung, bot auch ich die üblichen Gerichte an: Hühner- und Gemüsesuppe, gebratenes Rind- und Schweinefleisch, die ganz normale Speisekarte eben. Nichts Besonderes also, aber es reichte gerade, um die Familie durchzubringen."

Als er seine Familie erwähnte, geriet seine Schilderung ins Stocken, was jedem deutlich machte, wie sehr er sie noch liebte. Doch er fasste sich schnell wieder und fuhr mit einem kaum erkennbaren Lächeln fort. „Wie gesagt, wir hatten unser Auskommen, mussten uns aber auch einschränken. Bis eines Tages meine Tante zu Besuch kam. Durch sie änderte sich eine ganze Menge. Zum einen für uns, zum anderen für unsere Konkurrenz. Sie hatte mich davon überzeugt, unsere Speisekarte um eine Spezialität zu erweitern. Nur eine einzige Änderung, aber die hatte entscheidende Folgen. Sie lehrte mich, eine Entensuppe zu bereiten, mit der sie sich schon in ihrer Heimat, viele Freunde gemacht hatte. Es war eine Zubereitung, von der ich noch nie gehört hatte. Also bot ich die Suppe versuchsweise an. Es wurde ein sensationeller Erfolg. Uns ging es schnell immer besser; unserer Konkurrenz natürlich im gleichen Maße weniger gut."

„Das ist leicht verständlich", sagte Gottfried, „und dann gab es Ärger."

„Die waren natürlich nicht davon begeistert, dass ihnen viele ihrer Kunden wegblieben. Aber das war nicht unser größtes Problem. Die Parteibonzen, die machten uns das Leben schwer. Überall, wo sie Geld riechen, halten sie die Hand auf und wünschen abzukassieren. Die Leute sind die reine Pest; bekommen selbst nichts auf die Reihe, wollen sich aber trotzdem ein angenehmes Leben machen. Natürlich auf Kosten anderer."

„Und – hast du Schmiergeld gezahlt?", wollte Gottfried ungeduldig wissen.

Qiang riss die Augen auf, setzte sich hin und verlor bei dieser unerhörten Frage fast die Beherrschung.

„Dann, mein lieber Gottfried, wäre ich jetzt wohl kaum hier. Die Bande machte mir den Prozess, weil ich angeblich wiederholt versucht hatte, hochrangige Beamte zu bestechen. Sie behaupteten vollkommen ungeniert, ich hätte mir dadurch Vorteile gegenüber verdienten Mitgliedern des Volkes verschaffen wollen. Beweismaterial hatten sie natürlich ausreichend vorgelegt, das war schon immer ihr kleinstes Problem gewesen. Als sie mich verurteilten, verlor ich leider meine Beherrschung und schimpfte nicht nur auf das Gericht, sondern auf die gesamte Partei, bis hin zum großen Vorsitzenden."

„Aber wenn alles so gelaufen ist, wie du erzählst, ist dein Wutanfall doch absolut verständlich", sagte Gottfried aufrichtig empört.

„Ich bedanke mich für dein Verständnis, allerdings waren die Richter anderer Meinung."

Qiang kämpfte sichtbar mit einem Kloß im Hals, als er zu scherzen versuchte: Nehmt es mir bitte nicht übel, aber ich wäre lieber bei meiner Familie geblieben, als hier mit euch abzuhängen."

Da wollte natürlich keiner widersprechen, trotzdem hätte Gottfried gern gewusst, wie es weiterlief.

„Ganz einfach: Aufgrund meiner Pöbeleien hatten sie Angst, der Prozess würde zu viel Staub aufwirbeln. Also haben sie mich heimlich verschwinden lassen."

Er musste, von der Erinnerung gepeinigt, eine kleine Pause machen, atmete tief durch, um dann einen neuen Anlauf zu nehmen.

„Sie kamen zu dritt in unsere Zelle, um mir zu sagen, dass sie mich in ein anderes Gefängnis verlegen müssten. Und ich war noch nicht einmal misstrauisch, was mir allerdings auch nicht mehr hätte helfen können. Sie steckten mich in einen Gefangenentransporter, in dem schon zwei weitere Uniformierte saßen. Da diese Lkw keine Fenster hatten, konnte ich nur vermuten, dass der Wagen vom Gefängnishof fuhr."

Den Blick auf seine Füße gerichtet, machte Qiang eine kleine Pause.

„Als die beiden Beamten, nur kurze Zeit später und ohne jede Erklärung, ihre Dienstwaffe gegen mich richteten, war ich mir jedoch sicher, dass wir uns schon nicht mehr auf dem Gefängnisgelände befanden. Damals war ich wie gelähmt, konnte keinen klaren Gedanken fassen. Aber heute ist mir bewusst, warum sie so vorgingen. Sie durften natürlich keine Zeugen haben, damit sie nachher etwas von Fluchtversuch und Gegenwehr erzählen konnten."

„Das ist ja erschütternd", sagte Gottfried mit aufrichtigem Mitgefühl, „verstehe mich bitte nicht falsch, Qiang, aber dir geht es ja noch vergleichsweise gut hier oben, doch deine Familie, die ja nicht weiß, wie gut du hier aufgehoben bist, leidet wahrlich fürchterlich darunter."

„Wenn ich tatsächlich eines Tages zurückkehre, werde ich sie aufsuchen, nur um zu sehen, ob ich ihnen helfen, oder sie zumindest trösten kann."

„Aber Qiang, du weißt doch, dass das nicht geht", erinnerte ihn Balu.

„Da hast du natürlich recht, manchmal vergesse ich das einfach".

„Und warum geht das nicht?", wollte Gottfried wissen.

„Ich glaube, das haben wir dir noch gar nicht erzählt", sagte Mike, „wenn wir tatsächlich zu denen gehören, die wieder nach unten gehen, wie wir es gern nennen, dann dürfen wir uns nicht zu erkennen geben."

„Was ist denn das schon wieder für ein Haken an der Geschichte? Das ganze Abenteuer ist ohnehin schon äußerst undurchsichtig?"

„Das ist doch kein Haken. Die Götter fürchten dadurch unnötige Komplikationen heraufzubeschwören. Der Kontakt zur Familie oder zu Freunden würde uns auf jeden Fall von der eigentlichen Aufgabe ablenken. Wie, glaubst du, kommt das wohl bei den Hinterbliebenen an, wenn plötzlich der jugendliche Vater vor seiner Tochter steht und ihr erklärt, dass ihn die Götter aus dem Himmel zurückgeschickt haben, um den Menschen ihren Glauben auszutreiben."

Mike schüttelte den Kopf, um dann seine Theorie weiterzuspinnen. „Was, glaubst du, würde seine Tochter davon halten? Sie kennt ihn weder so jung, noch mit derart kopflosem Gerede. Dabei wäre dann auch noch völlig egal, ob sie an irgendeinen Gott glaubt. Für mich ist das Wichtigste an der ganzen Geschichte, dass sich wenigstens die Götter darin einig sind, dass ihre Existenz nicht zwingend notwendig ist."

„Sicher, damit haben die Götter wohl recht", sagte Alex, „ich würde mich aber hundertprozentig um andere Dinge kümmern, als nur darum, dass die Menschen nicht mehr in die Kirche rennen, um mich anzubeten. Die Abschaffung der Religionen ginge mir, offen gestanden, ziemlich am Allerwertesten vorbei."

„Und wenn du glaubst, du könntest dich bei deiner Familie sehen lassen, dann mach dir man schon einmal Gedanken darüber, wie du deiner Angetrauten den Engel an deiner Seite erklären kannst."

„Meinst du denn, dass die Rechnung wirklich aufgeht?"

„Welche Rechnung meinst du?

„Na, dass mit der Abschaffung der Religionen, auch die Götter verschwinden."

Nun war Balu an der Reihe zu beweisen, dass auch er, durch gelegentliche Teilnahme an den Informations-Stunden, etwas gelernt hatte.

„Sie haben doch gesehen, dass die alten Götter nach und nach verschwanden, wenn die Menschen nur aufhörten, an sie zu glauben. Und der Gedanke hat sie nicht mehr losgelassen. Die zahlreichen Götter der Inkas, Germanen, Römer, Griechen und wer sich hier sonst noch alles rumtrieb, fand sich langsam im Nichts wieder.

Als dann die neuen Götter in Mode kamen, erfuhren die alten immer weniger Erneuerung und verblassten langsam und beständig. Mit jedem Gläubigen, der den alten Göttern abhandenkam, verloren sie selbst an Realität, bis sie schließlich komplett verschwunden waren."

„Genau deshalb haben sie jetzt endgültig ihre wohlverdiente Ruhe", sagte Gottfried. „so hatte auch ich mir mein Ende eigentlich vorgestellt. Aber dann gaben sie mir nicht nur meine Jugend zurück – sondern erhöhten ihr verlockendes Angebot, indem sie noch einen Engel obendrauf legten. Auf meine Jugend hätte ich ja vielleicht noch verzichtet, aber nicht auf meinen Engel – niemals. Durch Michaela hab' ich endlich ein Leben, das die Bezeichnung auch wirklich verdient. Jetzt ist es ein lebenswertes Leben."

Lächelnd fügte er dann hinzu, „obwohl mir Michaela immer wieder versichert, dass ich eigentlich tot bin."

Als Alexej den Namen Michaela hörte, wurde er sichtlich unruhig. „Meine lieben Freunde, könnt ihr euch vorstellen, was ich mir jetzt sehnlichst wünsche?"

Wer Alexej kannte, der wusste es und dennoch ließ er sich nicht nehmen, es genüsslich mit geschlossenen Augen und totaler Hingabe auszusprechen.

„Ich wünsche mir, dass mich mein Engel am Eingang der Halle erwartet, um dann mit mir gemeinsam im Hörsaal unterzutauchen".

Er bemerkte Gottfrieds verständnislosen Blick, und

schickte gleich eine Entschuldigung hinterher. „Wenn wir ständig über die lieblichen Engel reden, vermisse ich ihre angenehme Wärme – wenn du verstehst, was ich meine."

Er blickte sich fragend in der Runde um. „Möchte nicht einer von euch mitkommen? Wie wäre es denn mit dir, Gottfried, du bist bisher noch nicht in den Genuss gekommen. Hab' ich nicht recht?"

Alexej war überzeugt, sich mit Gottfried den richtigen raus gepickt zu haben.

„Du musst dich doch besonders großartig fühlen, wenn du dich nach dreiundneunzig Jahren, plötzlich in einem so jungen, gesunden Körper wiederfindest. Na, erzähl mal, wie lange hattest du schon keinen richtigen Spaß mehr?"

„Es ist ausgesprochen schön hier bei euch zu sein, also habe ich gerade hier und jetzt meinen Spaß. Oder hast du etwas anderes gemeint?"

„Stell dich nicht dümmer, als du bist, mein Lieber; du wirst dich doch noch daran erinnern, was das Leben so lebenswert gemacht hat. Außerdem hast du eben erzählt, dass du auf deinen Engel nicht mehr verzichten möchtest oder nicht mehr verzichten kannst."

Doch Gottfried reagierte ein wenig verunsichert.

„Ich weiß nicht recht", begann er zögerlich, „was wird Michaela davon halten, wenn ich mit ihr gemeinsam in den Hörsaal gehen möchte. Sie wird bestimmt denken, dass ich mich mit ihr amüsieren will."

Doch auf den Einwand war Alexej plausibel vorbereitet.

„Erstens: Alle gehen mit ihrem Engel hin, weil es so

vorgesehen ist! Zweitens: Ihr werdet dort gemeinsam unterrichtet. Wer hat also gesagt, dass du dich mit ihr amüsieren willst? Und drittens: Wer sagt denn, dass sie es nicht auch möchte?"

„Na, schließlich ist sie doch ein Engel", entgegnete Gottfried perplex, „und die haben bekanntlich ganz tugendhafte Moralvorstellungen."

„Das sagst du, mein lieber. Ich habe da schon ganz andere Erfahrungen gemacht. Aber das kannst du doch auch selbst ganz einfach herausfinden", sagte Alexej. „Gehe mit ihr hin, setze dich neben sie und berühre sie ganz beiläufig mit deiner Hand, so, als wäre es unabsichtlich. Glaube mir, du wirst sofort wissen, was sie davon hält."

Gottfried sah Michaela vor sich und spürte ein unbändiges Verlangen, sie erstmals, nur ganz vorsichtig zu berühren. Wie mag es sich anfühlen, einen Engel zu berühren.

„Ich denke, ich sollte es wirklich einmal versuchen. Wenn es ihr unangenehm ist, wird sie es mir, hoffentlich, möglichst rücksichtsvoll zu verstehen geben, ohne sich gleich davonzumachen."

„Keine Angst mein lieber Gottfried, sie sind alle verpflichtet, bei ihrem toten Kumpel zu bleiben. Das ist hier glücklicherweise anders als im richtigen Leben, wo sie sich einfach davonmachen können. Nicht umsonst heißt es, wir sind Himmel."

„Gut", sagte Gottfried, der nur halbwegs überzeugt war, „dann lass es uns probieren. Ich hoffe nur, dass du dich nicht wieder einmal irrst".

„Na, dann komm", sagte Alexej, „finde heraus, was

sie davon hält."

„Einen Augenblick noch", bat Gottfried, „wisst ihr denn überhaupt schon, wie wir die Götter von ihrem Dasein erlösen sollen – hat bereits jemand mit euch über diesen merkwürdigen Plan gesprochen?"

„Ja", sagte Qiang, „wir wissen schon relativ gut darüber Bescheid. Es klingt zwar unglaublich, aber schließlich sind sie die Götter und müssten wissen, was zu tun ist. Die hohen Herrschaften möchten eine Offensive gegen alle Religionen starten. Und dafür brauchen sie uns. Aus uns wollen sie sozusagen eine atheistische Armee bilden. Das hört sich gefährlicher an, als es ist, aber ich finde keine bessere Bezeichnung dafür. Diese Armee soll den Gläubigen jedenfalls klarmachen, dass sie ohne Glauben ein besseres Leben führen würden. Darauf werden wir im Informationszentrum vorbereitet."

„Das hört sich alles so merkwürdig an, dass ich nicht mehr weiß, ob ich schon tot bin oder im Fieberwahn auf meinen Tod warte. Ich weiß nicht mehr, was ich davon halten soll, jedenfalls hat das alles mit Realität nicht mehr viel zu tun."

Worauf Gottfried in nachsichtige, spöttisch lächelnde Gesichter sah.

„Du kannst absolut sicher sein, dass es uns anfangs nicht besser erging", versuchte Mike ihn zu beruhigen, „nun haben wir uns mit dieser verrückten Scheinwelt inzwischen allerdings bestens arrangiert. Ich rate dir, nehme es, wie es ist und genieße vor allen Dingen alles, was dir hier geboten wird. Niemand weiß, wie lange es noch möglich ist." Mit weit ausholender Geste ergänzte er, „vergiss nicht, dass wir das alles hier abschaffen sollen. Auch wenn wir ihrem Wunsch nicht nachkommen; werden sie eine andere Person für diese Aufgabe finden. Da bin ich mir ziemlich sicher."

„Nun schau sich mal einer unseren Mike an", frotzelte Alex, „unser Vater vernünftig bekommt feuchte Augen bei dem Gedanken, dass er seinen Engel nicht wiedersieht." „Mein lieber Alex, du brauchst gar nicht zu versuchen, mich auf die Schippe zu nehmen, denn keinem von uns hätte jemals etwas Besseres passieren können, als so jung und knackig, in diesem verrückten Himmel zu landen. Auch du bist dann übrigens deinen Engel los. Und dir, mein lieber Gottfried, kann ich nur sagen, greif mit beiden Händen zu, solange dieser Himmel, mit den Engeln und allem Drum und Dran, noch existiert."

„Ihr habt ja absolut recht", sagte Gottfried, „so lange sich nichts ändert, werde ich es mir gut gehen lassen. Wenn sie dann eines Tages Forderungen an mich stellen, kann ich immer noch vergrätzt sein."

„Heißt das jetzt, du kommst mit – oder doch nicht?" drängte Alexej.

„Na gut, dann werde ich's mir mal aus der Nähe anschauen."

Heimliche Annäherungen

Sie verließen also die Therme, um sich für den Besuch im Hörsaal anzukleiden. Dann gingen sie gemeinsam zum Ausgang der Wohnanlage, wo schon jeder der Herren von seinem Engel erwartet wurde.

Alexej stieß Gottfried an, „denke bitte daran, dass du jede noch so kleine Intimität vermeidest, bevor wir im Hörsaal auf unseren Plätzen sitzen. Es würde nicht nur das hier anwesende Publikum sehen, sondern ebenso jede Gottheit wäre Zeuge, und glaube mir, das haben sie gar nicht gern. Damit würdest du deine Rückkehr ins Leben auf der Erde garantiert zunichtemachen. Also - gedulde dich bitte noch, bis wir dort unsere Plätze eingenommen haben."

In dieser Hinsicht bei Gottfried Geduld anzumahnen, war so überflüssig wie ein Kropf.

„Du hast es gerade nötig Geduld anzumahnen, schließlich bist du derjenige, der nicht abwarten kann, weil er mit seinem Engel – ach, was auch immer."

Er brach den Satz ab, um keine Unstimmigkeit zwischen ihnen aufkommen zu lassen.

Doch als er sah, dass Michaela am Ausgang auf ihn wartete, machte auch Gottfrieds Herz vor Freude einen riesigen Satz.

„Es geschieht also tatsächlich - einfach so. Wenn ich an sie denke, steht sie bereit. Genau wie sie es prophezeit hatte."

Auch Michaela konnte ihre Freude kaum im Zaum halten. Ganz offensichtlich war sie begeistert ihn schon nach so kurzer Zeit wiederzusehen. Da sie nicht wie ein kleiner Hund herumspringen und mit dem Schwanz wedeln konnte, wippte sie stattdessen, kaum merklich, von einem Bein auf das andere. Unbeteiligten würde es vielleicht entgangen sein, doch vor Gottfried, der ihre Erscheinung genüsslich mit den Augen in sich aufsog, konnte sie ihre Freude nicht verbergen.

Der Engel, der auf Alexej wartete, wirkte etwas abgeklärter, doch durchaus erfreut ihn wiederzusehen. „Ebenfalls blond, ebenfalls schön, aber nicht annähernd so begehrenswert wie Michaela", dachte Gottfried, „aber das wird Alexej bestimmt ganz anders sehen."

Als er sich wieder Michaela zuwendete, bemerkte er sofort, dass er einen Fehler begangen hatte, denn ihre überschwängliche Freude hatte zweifellos einen kleinen Dämpfer bekommen. In ihren Augen glaubte er den vertrauten Anflug weiblicher Empörung zu erkennen.

„Mein lieber Mann, anscheinend entgeht dir wirklich

nicht die kleinste Verfehlung. Hoffentlich hat mein vollkommen unbedeutender Blick, keinen Schaden bei dem Juwel hinterlassen, welches mir die Götter in ihrer Barmherzigkeit überließen."

Als sie einander gegenüberstanden, sah er jedoch in ihren wunderschönen Augen dieses verräterische Blitzen, das ihm sofort verriet, dass sie wieder nur mit ihm spielte.

„Schön, dass ich nicht so lange auf dich warten musste", sagte sie und fügte mit einem kurzen Seitenblick in Alex' Richtung schnippisch an, „oder hattest du es nur so eilig, weil du hofftest, ich ließe mich zu deinem Vergnügen, auf die Gesellschaft mit einem weiteren Engeln ein?"

Um sich nicht auf eine unnötige Diskussion einzulassen, vermied er vorsichtshalber, auf ihre provokante Bemerkung einzugehen. Stattdessen erzählte er lieber von ihrem gemeinsamen Vorhaben.

„Michaela, Alexej möchte gern mit seinem Engel in den Hörsaal gehen; wenn du einverstanden bist, möchte ich dass wir mit ihnen gemeinsam hingehen."

„Aber gern", sagte sie mit ihrem strahlenden Lächeln.

Gottfried war perplex. Dass sie mit einer solchen Begeisterung zustimmt hätte er nicht zu hoffen gewagt, da sie natürlich alle Möglichkeiten kannte, die sich dort für Engel, mit den ihnen Anvertrauten, ergaben. Und ihr war natürlich auch zu Ohren gekommen, wie einige von ihnen, jede Gelegenheit, mehr oder weniger schamlos, ausnutzten. Da sie Gottfried für einen überaus anständigen Mann hielt, glaubte sie, er würde sich an alle vorstellbaren Anstandsregeln halten. Andererseits wäre sie

169

aber schon ein wenig enttäuscht, sollte er den Hörsaal wirklich nur als das nutzen wollen, wofür er gedacht war. Wenn er sich wirklich nur für die Diskussion interessieren würde, müsste sie ihm wohl ein bisschen auf die Sprünge helfen.

Sie wechselten lediglich von ihrer Wolke in eine andere, und schon waren sie am gewünschten Ort.

Dann ende ich am Galgen

Alexej und sein Engel Irina, schienen es besonders eilig zu haben, denn sie begaben sich ohne zu zögern auf die Tribüne des Hörsaals und schlüpften sofort auf die erstbesten freien Plätze der letzten Bank und verschwanden sofort aus dem Blickfeld aller Anwesenden.

„Die beiden verschenken ja wirklich keine Zeit", dachte Gottfried noch, als Michaela auch schon auf eine Bank in den unteren Reihen zeigte.

Dann nahm sie den verunsicherten Gottfried bei der Hand, und zog ihn sanft aber zielstrebig mit sich die Stufen hinunter.

„Du darfst dich nicht von den vielen freien Plätzen täuschen lassen, die Sitze sind nicht immer tatsächlich frei. Deshalb solltest du nur langsam durch die Reihen gehen, damit du denen, die du nicht sehen kannst, noch

171

genug Gelegenheit gibst, sich rechtzeitig bemerkbar zu machen. Sie werden sich entweder räuspern, dich anstoßen oder auch ansprechen. Einige trennen sich für einen Augenblick voneinander, damit wir sie sehen während wir an ihnen vorbeigehen. Das hängt ganz davon ab, womit sie sich gerade beschäftigen. Doch bei genauem Hinsehen wirst du, auch ohne ihre Hilfe, eine schwache Schattierung auf der Sitzfläche erkennen, dann weist du, dass der Platz besetzt ist. Das ist immer noch die beste Lösung. Schließlich ist es doch unangenehm dauernd gestört zu werden, nur weil einige nicht bereit sind besser aufzupassen."

Gottfried war froh, dass die Sitzreihen so großzügig angelegt waren, dass man nicht unbedingt darauf achten musste, wo die Leute ihre Füße haben könnten. Nach einiger Übung und ein wenig Konzentration, konnte auch er die Schatten der vermeintlich leeren Plätze erkennen. Im Übrigen konnte er sich auf Michaelas geschulte Augen verlassen. Ohne sie, hätte er unter derartigen Umständen, wohl niemals gewagt sich irgendwo hinzusetzen. Diese äußerst dezent gehaltenen Schatten zu erkennen, ist eine Sache, eine andere aber, einen eventuell besetzten Platz nicht rechtzeitig erkannt zu haben. Er musste sich sowieso nicht lange darum sorgen. Michaela war kurzentschlossen auf einen Platz zugesteuert, der auf der linken Seite, nur wenige Meter vom Treppengang entfernt war. So freudentrunken er von Michaelas Nähe war, begann er sich doch, nach und nach, für die Fragen und Antworten die im Raum schwebten, zu interessieren.

Michaela war einen Moment versucht, ihren einfa-

172

chen aber durchaus wirkungsvollen Trick mit dem durchscheinenden Gewand einzusetzen, entschied sich aber erst einmal dagegen. Stattdessen schalt sie ihren egoistischen Versuch, seine Aufmerksamkeit auf sich zu ziehen. Rechtzeitig erinnerte sie sich an die Notwendigkeit, an der Diskussion dieser Einrichtung teilzunehmen. Wie sonst, sollte Gottfried die erforderliche Beachtung gewinnen, die unerlässlich war, um die Chance zu erhalten, mit ihr auf die Erde zurückzukehren? Denn sie hoffte inständig, dass er zu den Auserwählten gehören würde, die mit ihrem Engel ins richtige Leben heimkehren. Da niemand von ihnen wusste, wie viel Zeit ihnen noch zur Verfügung stand, sollte er besser gleich damit beginnen, einen möglichst positiven Eindruck bei den Entscheidungsträgern zu hinterlassen.

„Was kann ich gegen die extremen Fanatiker ausrichten, die mir erzählen, ich müsste fünfmal am Tag auf die Knie gehen um zu Allah zu beten? Sie beharren darauf, dass es ist Gottes Wille ist. Wenn ich etwas anderes behaupte, ende ich am Galgen."

Der dunkelhäutige junge Mann, mit auffallend feinen Gesichtszügen, sorgte sich offensichtlich zum wiederholten Male um sein Leben.

„Es ist wirklich nicht spaßig am Galgen zu baumeln, auch nicht, wenn ihr mir versichert, dass ich hier jedes Mal wieder zu neuem Leben erwachen werde."

Die Antwort ließ nicht lange auf sich warten.

„Zunächst müssen wir dich korrigieren: Du bist noch nicht zu neuem Leben erwacht, auch nicht, wenn es dir jetzt so vorkommen mag. Akzeptiere bitte, dass du tot bist. Zu neuem Leben wirst du erst erwachen, wenn wir dich, und zwar zu unseren Bedingungen, wieder auf die Erde schicken."

Das Schweigen in der kleinen Pause des Redners, ließ die Betretenheit im Publikum deutlich werden.

„Außerdem lassen wir niemanden allein. Schließlich stellen wir weltweit eine zielstrebige Elitetruppe von beachtlicher Größe zusammen. Diese Truppe wird an den wichtigsten Punkten auf der Erde aktiv werden, und zwar alle zur selben Zeit. Dadurch erhöht sich die Chance, unseren Auftrag zu realisieren.

Und bitte, vergleicht unsere Truppe nicht mit Soldaten. Wir bilden niemanden zu Kampfhandlungen aus. Genauso wenig setzen wir herkömmliche Waffen ein. Eure einzigen Waffen sind gute Informationen. Sonst nichts. Wir bringen euch lediglich bei, diese Informationen richtig einzusetzen. Sie werden euch bei euren Aktionen den nötigen Schutz geben, den ihr dringend braucht, um auch vor den schlimmsten Fanatikern sicher zu sein. Wer sein Gehirn richtig einzusetzen weiß, dem wird auch von den Extremisten keine Gefahr drohen."

Gottfrieds Aufmerksamkeit galt jetzt nicht mehr nur den Rednern auf der Bühne, sondern auch der Diskussion die sich unter den Teilnehmern ausbreitete.

Anfangs war Michaela ein wenig enttäuscht, weil sie sich nach seinen diskreten, mit Schicklichkeit garnierten Berührungen sehnte und hatte fest damit gerechnet, dass auch ihm nichts anderes durch den Kopf ging. Doch sie behielt ihre Erwartungen der Not gehorchend für sich und beobachtete ihn stattdessen verstohlen von der Seite. Als sie bemerkte, mit welcher Hingabe er die Diskussion verfolgte und sogar daran teilnahm, schlug ihre

Enttäuschung in glühende Bewunderung um. Es zeigte ihr, welche Spuren sein langes Leben in ihm hinterlassen hatten. So viel Ernsthaftigkeit vermutet wohl niemand in einem Mann, der dem Äußeren nach, noch so jung und schön ist. Gottfried erweckte eher den Eindruck, dass alle Lebenslust in ihm vereint sei. Man könnte sich eher vorstellen, dass er sich fröhlich oder sogar gierig, nach jedem erdenklichen Glücksgefühl recken und strecken würde.

„Nicht dass ihm noch Flügel wachsen", dachte sie belustigt, „die Tugenden eines Engels scheint er ja schon zu besitzen".

Doch Gottfried war nicht nur meilenweit von Michaelas Gedanken entfernt, er hatte sie im Moment vollkommen vergessen und lauschte gebannt den Fragen und Antworten die in schnellen Rhythmen durch den Raum tanzten.

„Mich hat der Ku-Klux-Klan auf dem Gewissen", meldete sich ein großer, kräftiger Afroamerikaner zu Wort, „diese widerliche Bande hirnloser Schweine, hat mich überfallen und totgeschlagen. Und dann behaupteten sie auch noch, es sei im Namen Gottes geschehen. Im Namen des gleichen Gottes übrigens, den auch ich angebetet habe. Das kann doch kein Mensch verstehen? Oder?"

„Da gibt es nichts zu verstehen", kam die prompte Antwort ohne zu zögern. „Das, was du erleben musstest und noch sehr viele andere Grausamkeiten, geschehen im Namen Gottes. Ebenso wie kleinere Ungerechtigkeiten und auch Missverständnisse zwischen den Geschlechtern. Dann dürfen wir nicht die Feindlichkeit zwischen den unterschiedlichen Religionen vergessen. All das, gilt es zu verurteilen und zu vernichten."

Der Redner machte eine kleine Pause, um die Wirkung seiner Worte in den Gesichtern der Hörer zu lesen. Als er mit dem Ergebnis zufrieden schien, fuhr er mit seiner unablässig eindringlichen Stimme fort.

„Genau aus diesem Grunde seid ihr hier. Wir unterstützen euch darin, diese Verbrechen auszurotten, und für alle Zukunft unmöglich zu machen. Wenn es keine Religion mehr gibt, sind diese Schandtaten auch nicht mehr möglich, denn diese Art Verbrechen beruhen beinahe zu hundert Prozent auf falsch ausgelegtem Glauben. Viele Menschen predigen zwar Gottes Liebe, bringen sich dann aber in seinem Namen gegenseitig um. Was soll das mit Gott zu tun haben? Dabei scheint vollkommen egal zu sein, um welchen Gott es sich handelt. Entscheidend ist nur, von wem der Glaube, wie ausgelegt wird.

Wir wollen erreichen, dass ihr endlich den wahren Hintergrund dieser abscheulichen Gräueltaten versteht."

„Welches ist denn der wahre Grund ", fragte eine junge Schönheit, die mit seidiger Haut, ähnlich der warmen Farbe eines Cappuccino, sofort die Blicke auf sich zog, „auf die Antwort bin ich jetzt aber sehr gespannt."

„Das ist die richtige Frage, die ich schnell beantworten kann, weil alles so einleuchtend ist".

Es war nicht zu erkennen, ob er dankbar für die Frage an sich war, oder weil sie von der exotischen Schönheit gestellt wurde.

"Der Ursprung der Götter, also - deren Entstehung, ist wohl für jeden leicht nachvollziehbar. Die ersten Men-

schen fanden noch keine Erklärung für Blitz und Donner, Sonne, Mond und Sterne, selbst der Wind, Regen
und Schnee gaben ihnen unlösbare Rätsel auf.

Weil sie aber Erklärungen brauchten, um nicht vor
Angst zu sterben, ersannen sie Wesen, die übernatürli-
che Kräfte hatten. Da sich die ersten Menschen schnell
über den Planeten ausbreiteten, entstanden, je nach Re-
gion, unterschiedliche Gottheiten.

Nachdem alle Götter ihren Dienst in den unterschied-
lichsten Bereichen aufgenommen hatten, ergab sich ein
neues Problem. Sie schienen sich ihrer Aufgaben nicht
ohne großes Bitten und Betteln verpflichtet zu fühlen.

Der nächste Schritt war deshalb logischerweise der
Versuch, sie mit Geschenken zu besänftigen und für die
eigenen Interessen zu beeinflussen. Da sich die Menschen zu der Zeit noch nicht über komfortable Unterkünfte freuen konnten, wünschten sie, dass es weder zu
heiß, noch zu nass oder zu kalt sein sollte. Sie begannen
also, den Göttern etwas anzubieten, sozusagen einen
Deal auszuhandeln. Auf jeden Fall sollten sie gnädig gestimmt werden.

Zunächst bot man ihnen nur Kleinigkeiten an, weil
nichts Lebenswichtiges entbehrt werden konnte. Wenn
dadurch nicht das gewünschte Ergebnis erzielt wurde,
verbesserten sie ihre Angebote.

Was dabei letztendlich herauskam, dürfte ebenfalls jedem bekannt sein."

„Ja - genau so muss es gewesen sein", von sich selbst
überrascht, rief Gottfried seine Meinung ungefragt in
den Raum, „erst wurden dringend benötigte Lebensmit-
tel geopfert, und wenn das noch nicht half, versuchten

sie es mit Tieren, später sogar mit Menschen, die auf brutalste Weise getötet wurden".

Nun schien Gottfried in seinem Element zu sein. Er vergaß nicht nur wo er war, er vergaß sogar Michaela. Jetzt hätte auch sie ihn nicht zu bremsen vermocht.

„In manchen Gegenden, ich denke es war bei den Inkas in Peru, da glaubten die Priester tatsächlich, dass es helfen würde, wenn sie ihren Opfern bei lebendigem Leibe das Herz aus der Brust reißen. Mir bleibt allerdings bis heute rätselhaft, was den Göttern so sehr daran gefallen sollte, dass sie sich aus Dankbarkeit, gnädig und erkenntlich zeigen würden. Immerhin wurden ihre angeblich eigenen Geschöpfe auf grausamste Weise ermordet."

Niemand, aus der großen Runde von Zuhörern, machte einen Versuch Gottfrieds Redeschwall, durch vage Antworten oder weitere Fragen zu unterbrechen.

„Viel später erst, und aus anderen Gründen, zog man es in Europa vor, Menschen auf grausamste Weise umzubringen. Die christlichen Kirchen haben sich durch besonders perfide Einfälle. Erst wurde gefoltert, dann auf dem Scheiterhaufen verbrannt. Geständnisse wurden teilweise damit belohnt, dass man vor dem Verbrennen, mit einer Kette erschlagen wurde. Es gab auch sogenannte Gottesurteile, dabei nähte man vorzugsweise Frauen die der Hexerei beschuldigt wurden in Säcke eingenäht, dann warf man sie in einen See. Wenn das Opfer, wie zu erwarten war, ertrank, wurde es für unschuldig erklärt. Konnte es sich aber, zur Überraschung aller, tatsächlich befreien, so war es schuldig und wurde bei lebendigem Leibe auf dem Scheiterhaufen verbrannt".

Gottfried holte tief Luft und sammelte neuen Mut für seine letzte Bemerkung.

„Ich bitte vielmals um Entschuldigung, aber wegen genau dieser Grausamkeiten waren Götter noch nie meine Sache. Auch wenn die Menschen eigentlich Schuld daran waren."

„Deine Überlegungen ehren dich. Und genau darin befindet sich der entscheidende Fehler", bekam er die Antwort. „Die Menschen glaubten, dass Götter diese Urteile und Strafen verhängt hätten, es waren aber fehlgeleitete Menschen, die die Namen unserer Götter missbrauchten. Denn sie handelten ausschließlich in ihrem eigenen Interesse."

Da ihm das Argument sofort einleuchtete, blieb Gottfried einfach nur schweigend sitzen und brummelte kaum hörbar seine Zustimmung vor sich hin.

Michaela hatte sofort das Gefühl ihm helfen zu müssen und sprach ihn ruhig und liebevoll an. „Hör mal Gottfried, du musst nicht alles auf einmal verarbeiten, du wirst noch genug Zeit haben, um dich mit den Umständen vertraut zu machen."

Was ihn jetzt aber wirklich verwirrte, war die feinfühlige Berührung ihrer Hand auf seinem Oberschenkel.

„Sag mir bitte, dass wir jetzt für die anderen verschwunden sind", sagte er mit kraftloser Stimme, während die Wärme ihrer zarten Hand ein unerwartetes Chaos in ihm auslöste.

„Gewissermaßen, ja – aber nur solange, bis du dich wieder an den Gesprächen beteiligst."

„Ich denke, das werde ich erst einmal aufschieben

müssen", flüsterte er ihr zu und wollte den Arm um sie legen, musste allerdings feststellen, dass ihm die Flügel dabei im Wege waren. Beide glucksten vor Vergnügen und schmiegten sich, so eng es eben ging, aneinander.

Für den Augenblick reichte es um überglücklich zu sein.

Und dennoch berührte ihn der Gedanke, wie weit würden Alexej und sein Engel wohl mit ihrer Annäherung gehen.

Die Glaubensarmee

Er hätte nicht sagen können, wie lange sie da so gesessen hatten, bevor er erneut auf das für ihn so rätselhafte Thema Rückkehr kam.

„Michaela, wie lange sollen die Vorbereitungen noch laufen, bis wir wieder auf die Erde zurückkehren?"

Sie tauchte aus den tiefsten Tiefen zu ihm auf, als hätte sie fest geschlafen.

„Was meinst du mit – Vorbereitungen?"

„Na ja, sie wollen doch so etwas wie eine Glaubensarmee zusammenstellen, die nicht nur gegen die rücksichtslosen Verfechter der verschiedenen Religionen antreten, sondern sich auch gegen sie durchsetzen sollen."

„Und wie kann ich dir jetzt behilflich sein?"

„Na ja, ich denke nur, dass die Rekrutierung für diese,

ich nenne es mal »Glaubensarmee«, doch irgendwann einmal abgeschlossen sein müsste.“

„Darüber hab ich mir noch gar keine Gedanken gemacht. Aber jetzt, wo du es sagst …“

Sie kniff einen Moment lang die Augen fest zusammen. Es sah aus, als würde sie sich unglaublich konzentrieren, um dann eine brauchbare Antwort zur Welt zu bringen.

„Wenn mich nicht alles täuscht, sind sie schon bald so weit“.

„Muss man Engel sein, um einen so genialen Gedanken hervorzubringen?“

„Muss man nicht, aber es hilft anscheinend, denn du bist ja nicht darauf gekommen.“

„Das würde bedeuten, ich muss mich sputen, um mir mein neues Leben zu verdienen. Und wenn sie mich dann für gut genug befinden, schicken sie mich mit all den anderen zurück.“

„Ja, genau so ist es, du musst die Götter auf dich aufmerksam machen, indem du dich an ihren Diskussionen beteiligst. Mehr wollen sie gar nicht. Solange du dich nicht mit Themen beschäftigst, die ihrer Vorstellung widersprechen, kannst du eigentlich nichts falsch machen.“

„Jetzt bin ich vollkommen verwirrt“, stöhnte Gottfried der Verzweiflung nahe. „Natürlich reizt es mich, auf der Erde ein neues Leben beginnen zu dürfen; zumal ich dann nicht nur jung und gesund bin, sondern dazu auch noch meine ganze Erfahrung und mein Wissen behalte. Und da hat sich in den dreiundneunzig Jahren so einiges angesammelt, das kannst du mir glauben.“

„Aber was verwirrt dich denn so?"

„Was so erstrebenswert sein soll, wieder auf die Erde zu gehen, wenn es doch hier im Himmel so lebenswert ist, wie man es sich nicht besser wünschen kann?"

„Damit hast du vollkommen recht, aber du bekommst ja noch eine tolle Belohnung hinzu."

Er hatte ihre Bemerkung nicht wahrgenommen, denn er hatte sich plötzlich wieder in seinen eigenen Gedanken verloren.

„Wenn ich es mir recht überlege, möchte ich hier überhaupt nicht mehr weg", seufzte er und fühlte sich völlig hilflos.

Nachdem er sich sekundenlang in ihren Augen verloren hatte, verbesserte er sich stockend: „Es ist, weil … ich glaube, dass … ich denke, ich würde dich zu sehr vermissen."

So innig sie sich auch nach diesen liebevoll gestammelten Worten gesehnt hatte, so traf sie das damit verbundene Problem umso härter.

Deshalb beeilte sie sich, ihm schnell noch zu erklären, welchen Weg er einschlagen müsste, wenn ihm wahrhaftig daran gelegen ist, dass sie nicht voneinander getrennt werden.

„Gerade, wenn du nicht auf die Erde zurückkehrst, wird man uns voneinander trennen. Wir Engel stehen euch zwar automatisch zur Seite, doch zunächst nur während der Vorbereitungszeit. Wenn ihr euch aber entscheidet, im Himmel zu bleiben, sind wir wieder geschiedene Leute – wenn ich es mal so salopp mit eurer Sprache ausdrücken darf."

Das traf ihn hart. Es war wie ein jähzornig wutentbrannter Donnerschlag aus heiterem Himmel.

„So kann man doch nicht mit uns umgehen, von Menschen hätte ich eine so perfide Vorgehensweise ja noch erwartet", empörte er sich, „aber doch nicht von euren Göttern, die angeblich nur aus Liebe bestehen und mit Güte um sich schmeißen. Was versprechen sie sich denn davon, wenn sie uns wieder trennen?"

Doch noch bevor sie etwas darauf antworten konnte, kam er selbst hinter die nahe liegende Begründung.

„Natürlich – es liegt doch ganz klar auf der Hand. Sie können doch gar nicht anders handeln. Denn sonst würden sie ihre Legionen nie zusammen bekommen. Welcher Mann würde sich denn freiwillig aus den Armen seines Engels lösen."

„Es betrifft nicht nur die Männer, Gottfried, den Frauen geht es auch nicht besser. Allerdings sehen ihre Engel nicht annähernd so lieblich aus, wie der, der dir zugeteilt wurde."

Gottfried konnte sich lebhaft vorstellen, wie die behaarten Beine aussahen, die unter dem Nachthemd herausragten. Dann viel ihm ein, dass er nur an sich hinunterzuschauen brauchte, denn er trug das gleiche Gewand, welches Michaela zierte. Die Erinnerung daran ließ ihn leicht erröten.

Michaela bemerkte, dass seine Gemütslage von etwas angegriffen wurde, was ihn aus dem Gleichgewicht brachte. Darum wollte sie sich aber später kümmern. Jetzt musste sie ihm erst einmal erklären, wie sie sich aus ihrer Zwangslage befreien konnten.

„Mein lieber Gottfried", begann sie theatralisch, „solltest du dir tatsächlich ebenso sehr wünschen wie ich, dass wir zusammen bleiben, so kann ich dich beruhigen. Es gibt tatsächlich eine Möglichkeit für uns. Und ich wünsche mir sehr, dass du dich für den einen, nämlich unseren Weg, entscheiden wirst."

Sie blickte verlegen zu Boden, überwand dann aber doch ihre Scheu und fügte hoffnungsvoll hinzu: „Dazu musst du dich aber erst, und zwar wirklich ernsthaft, an dieser Schulung beteiligen. Sowie dich die Götter für geeignet halten, auf der Erde ihre Interessen zu vertreten, darfst du natürlich genauso, wie jeder andere befähigte auch, auf die Erde zurückkehren."

Sie machte eine kleine Pause, um in seinem Gesicht nach den gewünschten Reaktionen zu suchen, doch sie sah nur gespanntes warten, warten auf die Worte, die ihm endlich Aufklärung bringen würden. Deshalb setzte sie zum, wie sie glaubte, entscheidenden Kernpunkt ihres kleinen Vortrags an: „Wenn du die Bedingungen zur Zufriedenheit der Götter erfüllst, darfst du dir zur Belohnung wünschen, dass ich den Weg mit dir gemeinsam gehe."

Doch bevor Gottfried sich glücklich einverstanden erklären konnte, verpasste sie ihm schnell noch einen gehörigen Dämpfer. Ohne Bedingungen kam also auch der lieblichste Engel nicht aus.

„Allerdings müsste ich dazu mein Einverständnis geben, was du nicht als selbstverständlich ansehen solltest. Denn dazu müsste ich immerhin auf meine Flügel verzichten."

Wieder hielt sie einen Augenblick inne, um in seinem Gesicht nach einer Reaktion zu suchen. Da sein Mienenspiel weiterhin nichts als pures Leiden verriet, schob sie, um ihn endlich wieder auf die heitere Seite zu locken, noch eine ihrer schnippischen Bemerkungen hinterher: „Ich glaube nicht, dass du dich überhaupt noch für mich interessieren würdest. Schließlich wäre ich ohne meine Flügel, eine Frau wie jede andere auch".

Sie stupste ziemlich forsch mit der Hand an seinen Oberschenkel: „Gottfried? Hallo Gottfried, hörst du mir eigentlich noch zu?"

„Aber ja, natürlich höre ich dir zu. Ich werde doch einen Augenblick darüber nachdenken dürfen."

Er sah nicht so unwirsch aus, wie er sich anhörte. Sie hatte eher den Eindruck, als käme er endlich aus sehr weiter Ferne zu ihr zurück.

Schließlich schien er sie zu verstehen und seine Augen leuchteten, als er ihr scherzhaft sagte: Du glaubst ja gar nicht, wie sehr ich mich darauf freue, dich endlich in den Arm nehmen zu können, ohne dass uns die Federn um die Ohren fliegen."

So einigten sie sich also schweren Herzens, ihre Leidenschaft so lange zu zügeln, bis sie sicher sein konnten, sich gemeinsam auf der Erde wiederzusehen. Michaela sah ihn schmachtend an und versicherte, sich alles gut überlegt zu haben.

„Für mich gibt es nur den Weg an deiner Seite", beteuerte sie erneut. „Obwohl wir eines Tages endgültig sterben werden. Denn ohne Götter wird auch das Himmelreich nicht mehr existieren. Und trotzdem bin ich fest entschlossen bei dir zu bleiben."

Gottfried bat sie eindringlich darum, sich die Entscheidung noch einmal gründlich überlegen zu dürfen, doch sie widersprach sofort. „Wir könnten hier bis in alle Ewigkeit gemeinsam auf einer Wolke sitzen, aber so frei unserer Wege gehen, wie du es dir vielleicht vorstellst, das könnten wir hier leider nicht.

Außerdem werden all die anderen, die du hier inzwischen liebgewonnen hast, hinunter geschickt, um den Göttern zu ihrem wohlverdienten Ruhestand zu verhelfen. Und dabei darfst du die vielleicht wichtigste Frage nicht vergessen: Was wird dann aus Gottfried und Michaela? Ich bin ein Engel und darf so etwas eigentlich nicht einmal denken, aber ich habe keine Lust mehr, mein restliches Dasein, ohne Gottfried, auf einer Wolke zu sitzen, um meiner Harfe irgendwelche langweiligen Töne zu entlocken."

„Du hast wohl recht" gab er zu, „auf die eine oder andere Art wird es eines Tages sowieso mit unserem himmlischen Dasein vorbei sein. Dann würde ich doch lieber mit dir in der irdischen Wildnis, gemeinsam und glücklich, auf ein harmonisches Ende zugehen".

Nachdenklich ließ er seinen Blick durch die Sitzreihen wandern und versuchte Alexej ausfindig zu machen. Doch er fand ihn nicht. Michaela, die aufmerksame Beobachterin, ahnte jedoch was ihn beschäftigte.

„Sicher sind viele Plätze frei geblieben, was aber nicht bedeutet, dass sie alle von Pärchen belegt sind, die kein Interesse an der Gesprächsrunde haben, weil sie sowieso nicht auf die Erde zurückzugehen möchten. Er gehört zu denen, die sich hier einfach nur wohlfühlen und nichts ändern möchten. Gesetzt der Fall, dass die Götter mit ihrem Plan Erfolg haben, wird auch er nicht ewig bleiben können. Und das weiß Alexej auch."

Gottfried nickte mitfühlend und schwieg verständnisvoll.

„Tatsächlich sind aber nicht mehr viele Plätze frei, weil die Vorbereitungen für die meisten bereits abgeschlossen sind. Und von denen warten etliche nur noch darauf, dass es endlich losgeht. Was spricht also dagegen, dass sie sich hier die Zeit vertreiben, ohne an der Diskussion teilzunehmen."

Sie sah ihn lächelnd an und fügte schnippisch hinzu: „Und eines will ich dir noch sagen, Gottfried, alle Auserwählten, wirklich alle, nehmen ihren Engel mit!"

Doch Gottfrieds Aufmerksamkeit galt schon wieder den Fragen und Antworten im Podium.

Sorgfältige Auswahl der Kandidaten

„Warum bekommen die Menschen ausgerechnet dort so viele Kinder, wo die größte Armut herrscht? Ich kann mir vorstellen, dass es auch etwas mit Religion zu tun hat? Oder liege ich damit falsch? Denn meiner Meinung nach scheinen Tiere doch viel – ich nenn es einfach mal – vernünftiger zu sein. Wo es an Futter mangelt, bekommen sie automatisch weniger Nachkommen. Liegt es daran, dass sie sich keiner Religion unterwerfen müssen, die ihnen sagt: seid fruchtbar und mehret euch?"

Ein Lächeln huschte über das Gesicht des überirdischen Ausbilders der göttlichen Armee.

„Mit deiner Vermutung liegst du keineswegs falsch", kam die Antwort", doch daran sind keineswegs die Götter schuld. Schuld daran waren wieder nur die Menschen, die sich mit Hilfe einer Religion bereichern woll-

189

ten. Die waren ebenso rücksichtslos wie einfallsreich.

Um die Schar ihrer Anhänger auf so viele wie möglich wachsen zu lassen, mussten Gebote her. Wer seine Anhänger ermunterte, außerordentlich viele Kinder zu bekommen, brauchte sich um den Erhalt seiner Religion keine Sorgen zu machen. Die Kinder wuchsen in die Religion hinein und waren nur selten in der Lage sich davon zu lösen. Denn auch dafür wurde vorgesorgt. Wer sich vom Glauben abwendet, wird brutal bestraft. Wenn die ewige Hölle nach dem Tode, als Abschreckung nicht ausreichte, ließen sie sich noch Strafen einfallen, die den Abtrünnigen noch zu Lebzeiten die Hölle auf Erden bereiteten. Neben der Folter sind noch zu erwähnen, Scheiterhaufen, Galgen, Enthauptung und vieles mehr. Ihr könnt daraus schon ersehen, dass kaum etwas davon überlebt wurde. Deshalb nahm und nimmt man auch heute noch eher in Kauf, dass vielleicht die Kinder verhungern, oder schlimmstenfalls man selbst, als seiner Gottheit zu widersprechen."

Er sah sich einen Moment interessiert unter den Zuhörern im Saal um.

„Ich denke, es ist klar geworden, warum die Tiere mit dem kleineren Gehirn bessere Zukunftsaussichten haben."

Jetzt stellte eine Asiatin eine für sie äußerst wichtige Frage.

„Mir ist zu Ohren gekommen, dass alle, die aus religiösen Gründen umgekommen sind, keine Chance haben, je wieder auf die Erde zu gehen."

„Nein, das ist so nicht richtig. Wir schließen nicht grundsätzlich alle aus, die im Namen Gottes misshandelt oder getötet wurden. Es geht in erster Linie darum, einen möglichen Rachefeldzug zu vermeiden, auch wenn der durchaus nachvollziehbar wäre. Doch wer nur wieder auf die Erde möchte, um dem Gewalt anzutun, unter dessen Herrschaft er schreckliches erleiden musste, sollte lieber bei uns bleiben. Wer sich also auf die Erde begeben will, um mit gleicher Münze zurückzuzahlen, handelt nicht in unserem Sinne, sondern gefährdet die Mission. Denn es käme einem Rachefeldzug gleich; was wir nicht auch noch unterstützen werden."

„Aber das bedeutet doch, dass die Betroffenen keine Chance haben."

„Nein, ganz und gar nicht. Diese fehlgeleiteten Menschen müssen nur ihre Einstellung glaubhaft ändern, anderenfalls bleiben sie jedoch bis zum letzten Tag hier bei uns. Denn mit jedem Racheakt würden neue Märtyrer geschaffen, die den Widerstand stärken und damit unsere Aufgabe erschweren".

Gottfried war sofort von der Diskussion gefangen und verfolgte sie wieder sehr aufmerksam. Er atmete noch einmal tief durch und nahm dann seinen ganzen Mut zusammen. Er wollte und musste ebenfalls eine Frage stellen. Eine Frage, die ihm schon lange auf der Seele brannte.

Er hob also einen Arm, um auf sich aufmerksam zu machen. Vor Aufregung hätte er beinahe mit den Fingern geschnippt, wie es eifrige Schulkinder gelegentlich fertigbringen, aus Angst ihr Wissen könnte ungehört vergehen.

Doch das göttliche Personal wurde erstaunlich schnell auf ihn aufmerksam und bat ihn freundlich um seinen

Beitrag.

„Mein Name ist Gottfried, ich bin in meinem vierund-
neunzigsten Lebensjahr an Altersschwäche gestorben.
Da ich niemals in die Kirche gegangen bin und nicht
einmal in der letzten Sekunde meines Lebens zu keinem
Gott gebetet habe, frage ich mich, warum ich trotzdem
hier, und nicht in der Hölle bin? Was sollte ich schon für
euch tun können?"

„Gut, dass du danach fragst Gottfried. Gerade Menschen mit deiner Lebensauffassung haben die besten
Voraussetzungen für unseren Plan. Denn sie sind vollkommen neutral."

Mit der Antwort wäre Gottfried schon zufrieden gewesen. Doch der Herr hatte noch einiges hinzuzufügen.

„Weder hat euch jemand ermordet an dem ihr nun Rache nehmen möchtet, noch habt ihr einer Religion angehört, der ihr euch ganz unterwerfen musstet. Das ist der
Grund, warum ihr im Umgang mit Andersdenkenden so
unbefangen seid und keine Unterschiede zwischen den
Religionen macht.

Für uns seid ihr wie ein blütenweißes, unbeschriebe-
nes Blatt Papier; ein Formular, in dem wir unsere Vorstellungen und Anweisungen hinterlassen, die ihr dann
unvoreingenommen ausführen werdet."

Ganz zufrieden war Gottfried mit der Antwort nicht.
„Soll das etwa bedeuten, dass wir auf der Erde nur nach
euren Anweisungen handeln und leben können?"

„Nein, das heißt nur, dass ihr, wenn ihr euch an unsere Anweisungen haltet, nicht mit eurer Vergangenheit in
Konflikt geraten werdet."

„Das leuchtet mir ein", sagte Gottfried, „da sehe ich

bei einigen Kandidaten aber noch eine Menge Arbeit auf Sie zukommen."

Für diese Bemerkung erntete er, wie erwartet, ein fröhliches Tuscheln und Kichern zwischen den Zuhörern.

„Nein", kam prompt die Antwort, „du irrst dich ganz gewaltig. Da wir uns, nach eurer Zeitrechnung, schon seit mehr als zwei Jahrhunderten mit der Rekrutierung befassen, haben wir bereits eine Auswahl an Kandidaten zusammengestellt, die durchaus als beachtenswert zu bezeichnen ist.

Es mag zwar sein, dass wir bei einigen etwas länger brauchen, um herauszufinden, ob sie für unsere Pläne geeignet sind, aber wir filtern alle heraus die uns als ungeeignet erscheinen. Selbst die, die sich hier fortwährend zu ihrem Vergnügen unsichtbar machen, wurden von uns unter die Lupe genommen. Wer sich die Kandidatur bereits verdient hat, wird von uns nicht mehr auf Schritt und Tritt überwacht. Für die Rückkehr stehen sie bereits fest, also nehmen wir es, zumindest mit ihrer Freizeitgestaltung nicht mehr so genau. Wer würde ihnen nicht ein bisschen Zerstreuung gönnen? Schließlich steht ihnen eine nicht nur schwierige, sondern auch langwierige Aufgabe bevor. Da wir uns also schon kurz vor Abschluss der Rekrutierung befinden, ist auch das ein Grund dafür, dass immer wieder etliche Sitzplätze frei zu sein scheinen."

Freundlich lächelnd fügte er hinzu: „Den einzigen Ort, an dem sich die bereits Auserwählten unbeobachtet fühlen können, wollen wir ihnen nicht nehmen."

Als die Worte Musterung und Rekrutierung fielen,

sah Gottfried unvermittelt eine erstaunliche Überein-
stimmung zwischen den uniformierten Armeen die in
weltliche Kriege geschickt werden und den äußeren
Merkmalen, durch die sich Zugehörige der verschiedenen Religionen zu erkennen geben. Ob auch das ein
Grund ist, weshalb sie sich untereinander bekriegen, sei
dahingestellt, auf jeden Fall ist es dadurch um vieles
leichter, bei einem gezielten Anschlag den richtigen
Gegner zu treffen.

„Ich frage mich jedenfalls, wie lange es dauern mag,
bis wir wieder hier oben angekommen sind?", fragte einer der zahlreichen Teilnehmer aus dem arabischen
Raum.

„Wenn ich mich in Teheran auf einen öffentlichen
Platz stelle", fuhr er fort, „um mich dafür einzusetzen,
dass die Leute von ihrem Glauben ablassen, werde ich
am nächsten Baum oder Kran hängen, noch bevor jemand auch nur über meine Worte nachgedacht hat. Und
eins kann ich euch sagen, da hängt man wirklich nicht
zum Vergnügen. Und erreicht habe ich damit auch noch
nichts."

Für diese Bemerkung bekam er sofort vielstimmige
Unterstützung aus dem Publikum. Er musste einen Moment warten, bis sich die Unruhe gelegt hatte.

„Ihr habt ja nicht die leiseste Ahnung, wie sich das
anfühlt", fügte er mehr zu sich selbst hinzu.

„Und mir haben sie den Kopf abgeschlagen. Obwohl
ich erfreulicherweise keine Vergleichsmöglichkeit habe,
gehe ich davon aus, dass es keinen Deut besser ist, als
an einem Baum zu hängen."

„Ich bin nicht hingerichtet worden, sondern bei einem

Sprengstoffanschlag bis in alle Bestandteile zerfetzt. Man merkt zwar nicht viel davon und die Wahrscheinlichkeit, dass mir das ein zweites Mal passiert ist auch ziemlich gering, doch wenn ich mich in meiner katholischen Heimat öffentlich gegen die Kirche stelle, kann ich nur froh sein, dass es keine Scheiterhaufen mehr gibt. Denn ich bin inzwischen Moslem geworden. Sie werden meinem Leben gewiss kein schnelles, grausames Ende bereiten, wie sie es früher mit Andersgläubigen gemacht haben. Dafür wird es aber auf lange Zeit, sehr, sehr unangenehm für mich werden. Da bin ich mir absolut sicher."

„Sei dir mal lieber nicht so sicher", ertönte es aus den hinteren Reihen, „es kommt ganz darauf an, wo du zu Hause warst. In Afrika gibt es immer noch Gegenden, in denen auch heute noch Menschen verbrannt werden. Selbst, wenn sie nichts verbrochen haben. Es genügt schon, wenn sie anders aussehen, als ihre Mitmenschen. Albinos werden in Zentralafrika zum Beispiel, nicht besonders alt."

Der sakrale Leiter dieser merkwürdigen, himmlischen Diskussion hob beruhigend beide Arme empor und forderte mit seiner imposanten Stimme, doch bitte Ruhe zu bewahren.

„Ich stimme euch uneingeschränkt zu, für den Moment jedenfalls", kam seine beschwichtigende Antwort.

„Ihr müsst allerdings auch einmal über den Tellerrand hinausschauen. Angenommen, ihr erscheint am nächsten Tag schon wieder am selben Platz, und wiederholt eure Botschaft. Dann werden die meisten Menschen schon vorsichtiger mit euch umgehen. Denn die meisten von ihnen werden euch durch eure Wiederkehr nicht nur Glauben schenken, sondern darüber hinaus auch eure Auferstehung feiern."

Seine Augen strichen prüfend durch die Sitzreihen. Er stellte fest, dass seine Worte die Wirkung nicht verfehlt hatten.

„Dieses Ereignis", fügte er schnell hinzu, "wird in unglaublich vielen Regionen auf der ganzen Welt gleichzeitig stattfinden. Deshalb wird es sich wie ein Lauffeuer über den gesamten Globus ausbreiten, ohne dass sich jemand, der epidemischen Wirkung entziehen könnte."

Er schwieg einen Augenblick, um seine Worte wirken zu lassen. Doch, noch bevor jemand darauf reagieren konnte, fügte er schnell hinzu: „Außerdem versichern wir euch natürlich, dass ihr im entscheidenden Moment, vor und während einer gewaltsamen Tötung, weder Angst noch Schmerzen empfinden werdet. Außerdem bekommt ihr jedes Mal ein neues Leben geschenkt, was sicher auch nicht zu verachten ist."

„Wenn wir aber doch lieber hier im Himmel bleiben möchten, obwohl wir hier als tot angesehen werden?"

„Das steht euch natürlich frei. Ihr dürft nur nicht vergessen, dass wir entscheiden, wer im Himmel bleibt und wer in die Hölle geht."

Wieder ging sein Blick suchend durch die Reihen, doch niemand hatte vor, sich dazu zu äußern.

„Wenn wir, gemeinsam mit euch, den Wunsch der Götter umsetzen, wird es den Himmel sowieso nicht mehr lange geben. Dann bleibt euch nicht einmal mehr der Weg nach unten, in die Hölle. Auch die wird verschwinden, was dem Luzifer überhaupt nicht gefällt.

Denn der Sadist hatte ohne Ausnahme, einen höllischen Spaß da unten. Vermutlich wird niemand von euch seinen Engel überreden können, euch dorthin zu folgen. Dort wird, wie gesagt, nur einer seinen Spaß haben, und das ist Luzifer, nicht ihr. Den Weg in die Hölle würdet ihr also auf jeden Fall allein gehen."

„Das klingt aber schon ein wenig nach Erpressung", brachte eine mutige Asiatin hervor.

„Ganz und gar nicht. Das ist der einzige Weg der Götter, um sich von den Menschen befreien zu können, die ihnen diese Last ungefragt aufgebürdet haben".

Wieder blickte er erwartungsvoll in die schweigende Runde.

„Sie haben es satt", fuhr er dann in etwas schärferem Ton fort, „ständig durch ihr Gejammer missbraucht zu werden. Denn erst durch die gemeinsame Kraft eures Glaubens habt ihr die Götter erschaffen. Mitsamt Himmel und Hölle. Die Götter sind diejenigen, die den Menschen dieses unsägliche Dilemma zu verdanken haben. Seit Jahrtausenden haben sie nun schon unter dem Druck zu leiden, den ihr ihnen ungebeten auferlegt habt.

In euren Predigten und Gebeten, sind die Götter doch allmächtig, also solltet ihr euch auch daran halten und ihren letzten Wunsch respektieren und erfüllen."

Seine Worte wurden offensichtlich sehr unterschiedlich aufgenommen und verarbeitet.

„Ihr habt den Göttern nie eine Wahl gelassen. Wir hingegen, werden euch eine Wahl zugestehen. Entweder begleitet ihr uns auf unserem Weg oder ihr könnt zur Hölle fahren."

Er ließ seinen Blick durch die Reihen wandern und

fuhr dann ungerührt fort. „Wir machen euch ein Angebot auf das ihr euch im eigenen Interesse einlassen solltet: Ihr bekommt von uns ein neues Leben geschenkt und stellen euch auch noch den lieblichsten Engel zur Seite, den ihr euch nur wünschen könnt. Könnt ihr die Aufgabe erfüllen, gehört ihr zu denjenigen, die eine bessere Welt geschaffen haben, denn die Menschen werden sich nicht mehr gegenseitig im Namen Gottes umbringen? Es ist doch so einfach: Der ewige Streit um die einzig wahre Religion wird damit nichtig sein.

Alles, worum wir euch bitten, bringt die Menschen dazu, unseren Göttern nicht mehr zu huldigen, oder auch nur an sie zu glauben. Glaubt lieber an euch selbst. Erst dann werden die Menschen ihr Leben wieder selbst in die Hand nehmen, statt ihre kostbare Zeit mit Beten zu vergeuden. Nur dann, werdet ihr alle den erträumten Himmel auf Erden erlangen, und zwar schon zu Lebzeiten. Darauf beruht unsere ganze Hoffnung."

Er senkte für einen Moment den Kopf, sah dann mit trübem Blick wieder auf und sagte mit unvermutet schwacher Stimme: „Denn anders scheinen wir euch nicht loszuwerden."

Für eine kleine Ewigkeit schienen alle ziemlich betreten zu sein, denn es war mucksmäuschenstill geworden. Dann setzte kaum hörbares Gemurmel ein, doch niemand traute sich eine weitere Frage zu stellen oder gar einen Widerspruch zu äußern.

Nur Gottfried hielt es nicht mehr aus und faste sich ein Herz. Zu oft schon hatte er sich mit dieser Frage beschäftigt und nie jemanden gefunden der ihm eine zuverlässige Antwort hätte geben können. Deshalb wollte er diese einmalige Gelegenheit nicht ungenutzt verstreichen lassen.

„Ich habe mir schon oft Gedanken über die unterschiedliche Kleiderordnung in den verschiedenen Glaubensrichtungen gemacht. Religionsführer erwecken gern den Anschein, als hätten die Götter diese Vorschriften erlassen oder es wäre zumindest im Sinne der Götter. Ist das wirklich so? Wenn nicht, welche Absicht verbirgt sich dann dahinter?"

„Nein, Gottfried, auch damit haben die Götter nichts zu tun. Die Abgrenzung durch ungewöhnliche Kleidung und andere Äußerlichkeiten, wie lange Bärte, glatt rasierte Köpfe und ähnliches, sind ausschließlich Erfindungen der vielen verschiedenen Religionsstifter und Prediger. Über die Jahrhunderte hat es sich dann in den Köpfen festgesetzt, als wären es unumgängliche Maßnahmen der Götter, auf bestimmte Weise, oftmals eben auch Äußerlichkeiten, zu gefallen. Wenn es wirklich nach den Göttern ginge, könnte sich jeder kleiden wie er es für richtig hält. Und wenn ihm zu kalt ist, soll er sich entsprechend kleiden. Ist ihm zu warm, so soll er sich entkleiden. Wenn ihm danach ist und niemand Anstoß daran nimmt, ruhig komplett."

„Mir scheint", sagte Gottfried unbeirrt, „das ist einer der Gründe für die Feindseligkeiten unter den verschiedenen Religionen. Denn, wenn nicht schon äußerlich erkennbar wäre welchem Glauben die Menschen angehören, würden sie friedlicher miteinander leben. Warum genügt den Leuten nicht, mit Herz und Seele an ihren Gott zu glauben? Sie sollten doch glücklich und zufrieden sein, wenn sie Trost und Hoffnung in ihrer Religion finden. Stattdessen gehen sie auf den los, der durch seine Kleidung, langen Bart oder sonst irgendwas, zu erkennen gibt, an etwas anderes zu glauben. Dann wird Gottes Name für Folter, Steinigung, den Galgen oder Enthauptung missbraucht".

Gottfried wirkte keineswegs zornig oder ungehalten, eher verzweifelt.

„Dafür machen wir natürlich die Fanatiker verantwortlich, die nur aus eigenem Interesse ihre Religion zu einem Zerrbild verkommen lassen. Sie ließen sich Kleidung und Haartracht für die Menschen ihres Glaubens einfallen, um Andersdenkende nicht nur zu erkennen, sondern sie auszugrenzen und vor allem besser bekämpfen zu können.

Sie haben die Götter mehrfach für ihre Zwecke missbraucht. Folter und Hinrichtung wurden in unserem Namen vollstreckt und sogar Kriege für heilig erklärt. Deshalb mussten wir die Religionsstifter und ihre späteren Vollstrecker, bis auf sehr wenige Ausnahmen, in die Hölle schicken. Denn sie sind es, die mit ihrem Egoismus Not und Leiden über die Menschen gebracht haben. Diese Fehlgeleiteten haben Gutgläubige gegeneinander aufgehetzt. Das hast du sehr gut beobachtet Gottfried."

Ein so unverhofftes Lob auf nahezu göttlicher Ebene, auch noch vor großem Publikum, machte ihn natürlich verlegen. Doch das Problem war für Michaela nichts weiter, als eine Bagatelle. Sie löste es ebenso einfach wie feinfühlig, indem sie ihre Hand in seine gleiten ließ und wodurch beide für die anderen wieder unsichtbar wurden.

Sollten die Anderen ruhig denken, was sie wollten, es

war ihr jetzt sichtlich egal. Sie war einfach nur unglaublich stolz auf ihren ebenso anmutigen wie gescheiten Gottfried.

Nachdem er sich vom Schrecken seines öffentlichen Auftritts wieder erholt hatte, waren sie für den Anfang richtig zufrieden. Sie zogen sich aus dem Auditorium zurück, um gemeinsamen ein wenig von ihrer Zukunft zu träumen.

„Was glaubst du wohl, wird uns auf der Erde erwarten?" wollte er von ihr wissen, als sie sich vom Schauplatz der Diskussion entfernt hatten.

„Wieso fragst du mich, du kommst doch von dort", antwortete sie einigermaßen verdutzt. "Ich habe noch keine Sekunde in deiner realen Welt verbracht. Du dagegen, warst dreiundneunzig Jahre ununterbrochen dort."

„Es hätte ja sein können …".

Sie stieß ihm scherzhaft in die Seite, „wenn du glaubst ich bin nur ein abgelegter Schutzengel, der auf der Erde nicht mehr gebraucht wurde – oder so etwas Ähnliches – irrst du dich gewaltig. Ich war bisher noch nirgends und für niemanden zum Einsatz gekommen und werde auch in Zukunft nur für dich da sein; für nichts und niemand – außer für dich."

„Das hab ich ja nun verstanden", sagte Gottfried ergeben.

„Also, erzähl schon", fuhr sie fort, „was erwartet mich in der Welt der Lebenden, wo sich die Menschen fortwährend streiten und bekämpfen?"

„Da hast du wohl wieder einmal recht; ich werde dir noch viel erzählen müssen. Da ich aber nicht weiß, wo wir eingesetzt werden, weiß ich auch nicht so genau, worüber ich erzählen soll."

„Natürlich wird jeder dort eingesetzt, wo er sich zu Hause fühlte. Es würde doch keinen Sinn machen, wenn ihr euch nicht wirksam entfalten könntet. Wenn ihr im Einsatzgebiet fremd seid, weder die Gesetze noch den Glauben und die Sitten der Einwohner kennt, wird die ganze Mission scheitern müssen."

„Dort, wo ich herkomme, gibt es glücklicherweise schon seit Jahrzehnten keine religiösen Konflikte mehr. Andererseits könnte ich mich mit Juden, Buddhisten, Muslimen und was es sonst noch alles gibt, kaum glaubwürdig auseinandersetzen. Was sollte ich also in deren Heimatländern ausrichten, wenn ich schon bei uns, wo es nur um Katholiken und Protestanten geht, an meine Grenzen stoße?"

„In deiner Heimat sind sie aber doch im Großen und Ganzen nicht so feindselig wie in vielen anderen Gebieten oder irre ich mich?", fragte sie ein wenig besorgt.

„Nein, du irrst dich nicht. Die überwiegende Mehrheit gehört den Katholiken an. Dort unterscheiden sich die Menschen nicht äußerlich, durch ihre Kleidung zum Beispiel. Wenn sich die meisten auch ein Kreuz um den Hals hängen, aber das sieht man nur selten. Das bedeutet leider auch dort, wer sich als Anhänger eines anderen Glaubens zu erkennen gibt, wird sich etwas vorsichtiger verhalten müssen, denn sonst ist es mit der Ruhe vorbei. Wer bei der Übermacht den Kürzeren zieht, ist ja wohl klar. Was dann genau passiert, kann ich eben nicht mit Sicherheit vorhersagen."

„Ach das hattest du gemeint mit der unterschiedlichen Kleidung. Wenn man nicht erkennen kann, welchen

Glauben der andere hat, gibt es auch keine Auseinandersetzung."

„Was bist du doch für ein großartiger Engel – und so schlau – das erste weibliche Wesen das mich tatsächlich versteht?"

Wieder knuffte sie ihm in die Rippen. Diesmal schon ein bisschen heftiger. „Wer hier etwas nicht versteht, bist du, Gottfried. Wenn es in deiner Heimat so wenige Probleme mit den Gläubigen gibt, haben wir beide umso mehr Zeit für uns. Außerdem läufst du nicht dauernd Gefahr am nächsten Baum aufgeknüpft zu werden."

Gottfried konnte sich ein zufriedenes Lächeln nicht verkneifen.

„Die Todesstrafe gibt es bei uns schon lange nicht mehr, aber an-scheinend muss ich dir gar nicht mehr so viel erzählen, wie ich befürchtet hatte."

„Vielen Dank, ich hätte nicht erwartet, dass du dich davor fürchtest mit mir zu reden."

„Was macht dich eigentlich so sicher", fragte er ausweichend, „dass sie mich überhaupt für ihre Aufgabe auswählen werden?"

„Natürlich werden sie dich nehmen", sagte sie begeistert. „Nach deiner äußerst interessanten Bemerkung, die bisher wohl noch niemand vorgetragen hatte, wirst du schon jetzt einen gewaltigen Zuspruch im Gremium bekommen haben. Die Götter wissen jetzt ganz sicher, dass du zu denen gehörst, die einen der wichtigsten Gründe für die Konflikte erkannt haben. Aus solchem Holz sind die Kandidaten geschnitzt, die sie bei ihrer Suche bevorzugen."

Aufgrund der letzten Bemerkung sah er sie irritiert

an.

„Hab ich das jetzt falsch formuliert?".

„Nein, nein, es klingt nur so ungewöhnlich aus deinem Mund."

„Ich übe ja noch. Auch ich muss mich auf die Erde vorbereiten. Das heißt, um nicht unnötig aufzufallen, möchte ich so reden, wie es bei euch da unten üblich ist".

Sie sah beinahe aus, wie ein süßes kleines Kind unter dem Weihnachtsbaum, das fest davon überzeugt war, das ganze Jahr über brav gewesen zu sein.

„Na ja, wenn ich das Gremium schon so nebenbei beeindruckt habe, kann ich mich ja jetzt wieder intensiver um dich kümmern."

Als sie das hörte, hätte sie ihn gern wegen Überheblichkeit gehänselt, stattdessen freute sie sich auf die bevorstehenden Gemeinsamkeiten.

„Dazu sollten wir aber lieber ins Auditorium gehen", sagte sie erwartungsvoll, wobei ihre ebenso vertraut wie verräterisch vibrierenden Flügel ihre Empfindungen verrieten.

„Ich glaube, deine Flügel werden mir auf der Erde sehr fehlen", sagte er mit einem breiten Grinsen.

„Keine Angst mein Lieber, ich werde mich dir auch ohne Flügel verständlich machen."

Seit sie Gottfried zur Seite gestellt wurde, hatte Michaela ihre engelgleiche Zurückhaltung, zu einem großen Teil abgelegt.

„Als ich sagte, ich kann mich um dich kümmern, hatte ich gemeint, ich möchte dich intensiv auf die Rückkehr zur Erde vorbereiten. Wenn wir erst dort sind und ich dir bei jeder Gelegenheit Erklärungen geben muss, dürften wir sehr bald großes Interesse bei den Passanten erwecken. Und wenn sich erst einer über unser merk-würdiges Verhalten wundert, werden andere sehr schnell mit neugierigen Fragen folgen."

„Dann sollen sie sich doch ruhig über uns wundern und meinetwegen auch noch dumme Fragen stellen."

„Beim wundern, wird es leider nicht bleiben. Wir werden schnell unter intensiver Beobachtung stehen. Ich kann mir nicht vorstellen, dass du das möchtest."

„Was bist du nur für ein scharfsinniger Mann?"

Ein Ende auf dem Scheiterhaufen

Da sich die Beiden soweit einig waren, suchten sie sich eine einsame und bequeme Wolke aus, auf der sie sich niederließen. Gottfried stellte begeistert fest, wie außerordentlich gelehrig Michaela war und stopfte sie mit seinem Wissen voll, ohne dass sie auch nur einmal nachfragen musste. Sie lauschte ihm sehr aufmerksam, teils fasziniert, war zum Teil aber auch erschreckt über die in vielen Situationen gezeigte, sinnlose Brutalität der Menschen. Irgendwann ging ihm der unerschöpflich scheinende Stoff aus, sodass er um eine Pause bitten musste.

„Ich denke, dass mir für Morgen wieder einiges einfallen wird, aber heute sollten wir es dabei bewenden lassen."

In den immer öfter und länger eingelegten Pausen, begann für Gottfried und Michaela eine wunderbare Zeit in grenzenloser Harmonie. Nie hatte er für möglich gehalten, dass ein Mensch und ein Engel so lückenlos zueinanderpassen würden.

„Ich hoffe doch, dass es auch so bleibt, wenn wir tatsächlich eines Tages zwei Menschen sein werden."

Sie gewöhnten sich an einen festen Tagesablauf, der im Auditorium begann und auf ihrer ganz privaten und bequemen Wolke endete. Dass sie ausgerechnet, wenn sie wirklich ganz für sich allein sein wollten, mehr Zeit im Auditorium verbringen mussten, war schon ein bisschen gewöhnungsbedürftig, doch nur dort konnten sie sich in die Unsichtbarkeit zurückziehen.

Trotz allem nahm er sich gelegentlich die Freiheit, ohne Michaela in die Therme zu gehen. Es interessierte ihn brennend von anderen zu erfahren, durch welche Umstände sie an diesen Ort verschlagen wurden.

Mike, dessen Geschichte er schon kannte, war dort praktisch immer anzutreffen. Auch Alexej schien, ähnlich wie Gottfried und Michaela, sein festes Programm zu haben, obwohl es sich in wesentlichen Punkten von ihrem unterschied. Für ihn hieß es vormittags in der Therme den Körper und die Seele pflegen, nachmittags dann die empfindsamen Sinne im Auditorium an fast vergessene, ungenierte Momente zu erinnern.

Überrascht war Gottfried jedoch, als Alex, wie er lieber genannt wurde, erzählte, dass auch er zu den Rückkehrern auserwählt wurde.

Ursprünglich war er ja entschlossen mit seinem Engel im Himmel zu bleiben, da es den aber nicht mehr lange geben würde, hatte er seine Meinung dann doch lieber geändert.

Inzwischen war auch er davon überzeugt, dass der

Plan der Götter Erfolg haben würde. Deshalb blieb ihm, als Alternative nur noch in der Hölle zu schmoren, und zwar ohne seinen Engel. Oder er würde sich im günstigsten Fall, zusammen mit dem Himmel und seinem Engel, im absoluten Nichts auflösen.

Gottfried freute sich über den unerwarteten Sinneswandel, obwohl er nicht wusste, ob er Alex auf der Erde jemals wiedersehen würde.

Es gab natürlich auch eine Menge Aspiranten, die sich schon unbeschreiblich lange im Himmel auf eine Rückkehr vorbereiteten. Es war genau genommen, die weitaus größere Gruppe; nur, zusehen waren sie kaum noch, da sie in eine Art Tiefschlaf versetzt wurden, um die Wartezeit besser zu überstehen. Einer von ihnen war Carl.

Carl hatte eine besonders erschütternde Geschichte hinter sich. Ein neidischer Nachbar, der es auf seinen ertragreichen Hof und noch mehr, auf seine ebenso fleißige wie schöne Frau abgesehen hatte, denunzierte ihn aufgrund irgendeiner Nichtigkeit der Hexerei. Nach fürchterlichen Qualen auf der Folterbank gestand er alles, was seine Peiniger hören wollten. Darauf wurde er dann unter Freudengesängen der zuschauenden Massen, bei lebendigem Leib auf einem Scheiterhaufen verbrannt.

Er hatte sehr lange warten müssen, bis seiner Rückkehr auf die Erde zugestimmt wurde. Die Götter hegten verständliche Zweifel an seiner friedlichen Tauglichkeit. Denn kaum einer, der so grausam hingerichtet wurde, konnte später glaubhaft machen, dass er auf die Rache an seinen Peinigern verzichten würde. Ihnen musste immer wieder vor Augen geführt werden, dass die Schuldigen schon seit Jahrhunderten in der Hölle schmorten und so ihre Strafe absitzen.

Doch nach zähen Gesprächen konnte Carl überzeugend versichern, dass er unbedingt daran mitwirken wollte, die unzumutbare Glaubensgeschichte zum Besseren zu korrigieren. Er betonte immer wieder, wie sehr ihn das zufriedenstellen würde.

„Dann könnte ich in einem gerechteren Leben, vielleicht sogar hin und wieder glücklich sein und, wer weiß, eventuell zu einem akzeptablen Ende bringen."

Im Laufe der Jahre hatte Carl gelernt, wie man im Auditorium einen positiven Eindruck hinterlässt und sich die Pluspunkte verschafft, die für die Rückreise so unentbehrlich waren.

Im Gegensatz zu Said, der zwar einsehen musste, dass er an denen keine Rache mehr nehmen konnte, die ihm auf so grausame Art Unrecht zugefügt hatten, aber nicht glaubhaft versicherte, dass er dafür nicht andere büßen lassen würde.

Da er sich selbst nicht über den Weg traute, nahm er das Angebot der Götter an, solange bei ihnen zu bleiben, bis sie gemeinsam, mit Himmel und Hölle, auf alle Ewigkeit aus dem Universum verschwinden würden.

Man hatte Said zu übel mitgespielt, als dass er jemals hätte vergeben können. Immer wenn er in der Therme einem wie Gottfried begegnete, der seine Geschichte noch nicht kannte, erzählte er unaufgefordert, was ihm fürchterliches angetan wurde.

„Sie haben mich gesteinigt", brach es aus ihm heraus, „kann sich einer von euch vorstellen, wie es sich anfühlt mit Steinen beworfen zu werden, solange bis man tot ist? Was glaubt ihr, wie es sich anfühlt, wenn man vor einer mit Steinen bewaffneten Meute steht? Weglaufen kannst du nicht. Den Zeitpunkt hast du schon lang verpasst. Die Henkersknechte hatten dir bereits bei ihrem ersten Besuch die Arme und Beine gefesselt. Du kannst gerade noch einen letzten Blick auf die lauernde Meute mit den Steinen werfen, bevor sie dich komplett in ein Leinentuch wickeln und bis zum Bauch eingraben. Die feige Bande hat natürlich Angst sie könnten dich verfehlen, wenn du dich noch bewegen und den Würfen ausweichen kannst. Oder noch schlimmer: Du könntest ihnen vielleicht, oh Graus, davonlaufen.

Doch was das Schlimmste war, bevor es mir an den Kragen ging? Ich musste erst mit ansehen, wie die achtbare Frau, die sich nie unehrenhaft verhalten hatte, auf die gleiche, bestialische Art ermordet wurde. Ich betete dafür, dass schon der erste Stein sie ins Jenseits befördern möge. Doch diese Gnade gewährt dir niemand. Es dauert immer zu lange bis es vorbei ist; viel zu lange.

Man betet und betet, obwohl man im Innersten weiß, dass es zwecklos ist, denn wir beide haben unser Leben lang gebetet und doch ist uns dieses Unrecht geschehen. Du siehst die Steine nicht kommen, weil deine Augen verdeckt sind, aber du spürst, wie sich der erste Schmerz mit den folgenden verbündet, bis dein Körper und Geist es nicht mehr ertragen"

„Bitte erspare uns den Rest", bat Mike mit feuchten Augen.

„Wir können uns vorstellen was du machen würdest, wenn sie dich auf die Erde zurückgehen ließen."

Gottfried nahm seinen ganzen Mut zusammen und traute sich danach zu fragen, was man ihnen beiden vorgeworfen hatte.

„Ich hatte mich mit einer verheirateten Frau getroffen – ohne vorher die Zustimmung ihres Mannes einzuholen; die wir natürlich nicht bekommen hätten.

Weder hatte ich sie berührt, noch hatte ich sie zu irgendeinem auch nur annähernd unehrenhaften Verhalten ermuntert. Ihre Sünde bestand allein darin, dass sie ohne ihren Mann nicht einmal das Haus hätte verlassen dürfen."

„Und du willst nicht alles versuchen, um den Bestien das Handwerk zu legen?"

„Natürlich möchte ich das, da ich aber nicht garantieren kann, den vorgegebenen Weg der Götter einzuhalten, lassen sie mich nicht gehen. Die Menschen, die uns das angetan haben, leben schon lange nicht mehr. Man hat mir versichert, dass sie mit ihrem Tod sofort der Hölle übergeben wurden. Wenn ich aber auf der Erde wäre und mir liefe irgendeiner der vielen Glaubenswächter über den Weg, würde ich zwischen damals und heute keinen Unterschied mehr machen. Ich könnte für absolut nichts garantieren."

Nach einem langen Moment des bedrückenden Schweigens wurde er dann doch noch konkreter.

„Ich will es Mal so formulieren: Ich würde so viele von ihnen umbringen wie nur irgend möglich."

Eine beängstigend lange Pause, wusste niemand mit mildernden Worten zu füllen, bis Mike sichtlich bewegt murmelte: „Ich denke auch, es ist besser, dass du bleibst, wo du gerade bist. Wer weiß, ob du wirklich immer einen Schuldigen erwischen würdest."

„Eben", sagte Said.

Wenn alle an denselben Gott glauben würden

So plätscherten Gottfrieds Tage ohne jede Aufgeregtheit dahin. Er teilte seine Zeit relativ unbeschwert ein. Gelegentlich war bei den Männern in der Therme, öfter jedoch mit Michaela im Auditorium.

Gelegentlich schockierten ihn noch die Erzählungen der Männer, denen er zum ersten Mal in der Therme begegnete. Denn dort schienen sie alle zwangloser zu reden, als im Auditorium. Vielleicht lag es auch nur daran, dass ihm im Auditorium einiges entgangen war, weil Michaela ihn dort mehr ablenkte, als er sich vorgestellt hatte. Jedenfalls wiederholten sich die schaurigen Erzählungen der Männer irgendwann so oft, dass sie zwar nicht ihren Schrecken verloren, doch Gottfried inzwischen gelernt hatte, im rechten Moment wegzuhören. Wenn seine Seele keinen Schaden nehmen sollte, blieb ihm keine andere Wahl, als die Grausamkeiten auszublenden.

Es hatte den Anschein, dass er einer von sehr wenigen war, die keines Gewaltverbrechens zum Opfer gefallen waren. Als wäre es nicht schon schlimm genug, dass Menschen und Tiere gegen ihren Willen alt und gebrechlich werden, obendrein müssen sie auch noch sterben. Damit ist es auch noch nicht genug. Es sind immer wieder sogenannte Menschen, die nicht nur Tiere, sondern auch die eigenen Artgenossen, mittels abscheulicher Bluttaten ins Jenseits befördert.

Wie entsetzlich und verstörend muss es sein, wenn Gläubige im Namen des Gottes getötet werden, zu dem sie ihr Leben lang gebetet haben. Von wem sollen sie sich denn in ihrer schwersten Stunde noch Trost erhoffen, wenn nicht von ihrem Gott?

Tiere, die mit einem vergleichsweise kleinen Hirn ausgestattet sind, töten nur aus Not, um zu überleben. Hätten sie Mitgefühl, würden zumindest die Raubtiere unter ihnen verhungern.

Menschen hingegen, kennen Mitgefühl und Nächstenliebe; sie sind auch durchaus in der Lage, denen zu helfen, die ohne fremde Hilfe nicht überleben können.

Doch leider schaffen es immer wieder die Rücksichtslosen bis in die entscheidenden Positionen aufzusteigen. Sie sind es letztendlich, die das Töten im großen Stil erst ermöglichen, indem sie Kriege anzetteln, Hungersnöte und Epidemien zu verantworten haben. Obwohl die Geschichte gezeigt hat, dass die meisten Kriege sogar mit religiösen Überzeugungen begonnen werden. Wer behauptet, dass Religion untrennbar mit Liebe und Güte in Verbindung steht, hat nicht begriffen was los ist.

Alle religiösen Gebote scheinen ignoriert zu werden.

Gemordet wird aus Habgier, Eifersucht verletztem Ehrgefühl, falschem Ehrgeiz oder Geltungssucht. Die Reihe ließe sich nahezu endlos fortsetzen.

Warum darf nicht jeder Mensch an den Gott glauben, der ihm am nächsten steht, den er für unwiderlegbar hält?

„Wieso haben die Götter weder die Macht noch die Mittel, alle Religionen auf einen Nenner zu bringen, oder zumindest jeden glauben zu lassen, was er will?", fragte Gottfried eines Tages die Männerrunde in der Therme.

„Du solltest nicht vergessen, dass die Menschen die Götter erschaffen haben", sagte Mike. „Hätten die Götter tatsächlich den Menschen erschaffen, und zwar exakt nach ihrer Vorstellung, wäre sicher ein besseres Ergebnis dabei herausgekommen."

„Genau", stimmte Said ihm zu, „dann hätten wir es sicherlich, mit nur einem Gott zu tun."

„Selbst das wäre natürlich viel besser gewesen, als das Theater was wir jetzt haben. Wenn nämlich alle an denselben Gott glauben würden, wäre endlich Ruhe im Karton", sagte Alex, von dem niemand geglaubt hatte, dass er das Gespräch überhaupt verfolgen würde, denn er hatte sich auf seiner Liege ausgestreckt und machte den Eindruck als würde er schlafen. Sie sahen sich alle einen Moment verdutzt an, stimmten ihm dann aber einmütig zu. Soviel Aufmerksamkeit hatte Alex zuletzt auf der Erde erlebt und da bestand die Gruppe nicht aus nackten Männern.

So interessant die Diskussionen in der Herrenrunde auch waren, so verlor Gottfried doch jedes Mal etwas mehr Interesse daran.

Der Grund dafür lag bei Michaela, denn sie wurde ihm immer wichtiger. Deshalb verabschiedete er sich auch jetzt wieder mit einem freundschaftlichen Abschiedsgruß.

„Ich bedaure, dass ich euch allein lassen muss, aber ich möchte mich unbedingt mit Michaela treffen. Wir haben noch eine Menge zu besprechen."

„Ist schon klar", sagte Alex, „wir haben ja Verständnis für deinen Nachholbedarf. Im zarten Alter von immerhin dreiundneunzig Jahren wirst du etliche Zeit verschiedenes vermisst haben. Da wird sich so einiges an Sehnsucht angesammelt haben."

Als würden mir Flügel wachsen

„Das ist wirklich eine feine Sache. Wann immer ich den Wunsch habe Michaela zu sehen, erwartet sie mich schon freudestrahlend am Tor. Ich fürchte nur, dass es vorbei sein wird, wenn wir erst auf der Erde sind. Na ja, solange sie mich dann nicht zu lange auf sich warten lässt, ist es in Ordnung. Hauptsache, sie wartet dort nicht auf einen anderen Mann."

Als er gebührlichen Schrittes über den Innenhof auf das Foyer zuging, konnte er schon durch die Glastür, ihr vor Glück strahlendes Lächeln erkennen

„Was für ein Anblick", dachte er, während er seine Schritte zu zügeln versuchte, „ich könnte sie an mich reißen und vor Liebe verschlingen. Da, wo ich herkomme, freut man sich darüber, dass es heutzutage das normalste von der Welt ist, seine Frau oder Freundin überschwänglich zu begrüßen. Doch in diesem Wolkenkuckucksheim darf man sich leider nicht so gehen lassen.

Auch im Himmel ist eben nicht alles himmlisch gut. Aber ich will mich nicht beklagen, denn ich kenne es ja aus meiner Jugend auch nicht besser.

Ich schlafe hier zwar fantastisch gut; wie auf Wolken gebettet. Allerdings auch nur, solange ich allein in meinem Bett liege. Mit Michaela darf ich nur die harten Bänke des Hörsaals drücken. Dabei wäre mir jedes noch so abgewetzte Hotelbett lieber, wenn ich es doch nur mit ihr teilen könnte. Na ja, lass uns erst mal auf der Erde sein, da wird sie mir jedenfalls nicht mehr entkommen."

Und er nahm sich vor, sich auch von keinem Gott mehr reinreden zu lassen; jedenfalls, was die Nächte mit Michaela anging.

Als er das Foyer betrat und sie durch keine Tür mehr voneinander getrennt waren, hatte er das Gefühl ihr entgegen zu schweben.

„Wenn ich dich sehe", hauchte er ihr zu, „ist mir, als würden mir Flügel wachsen." Mit breitem Grinsen drehte er ihr den Rücken zu und fragte, „siehst du sie schon sprießen?"

„Nein", bekam er zur Antwort, „auf dem Rücken sieht nichts danach aus, als könnten sich Flügel daraus entwickeln. Glaube mir, davon verstehe ich etwas. Aber lass mich deine Stirn genauer ansehen, da zeichnet sich etwas ab, was mich eher beunruhigen sollte. Ich glaube, das hab ich schon einmal gesehen. Wo war das nur? Ach, jetzt fällt es mir ein, das war damals, als dem Teufel die Hörner wuchsen. Ich glaube, die würden dir sicherlich besser zu Gesicht stehen, als die Flügel eines Unschuldsengels."

Er lachte und breitete seine Arme aus, als würde er sie

umschlingen wollen, doch sie wich sofort erschrocken zurück, als wäre er tatsächlich der Teufel in Person.

„Nun hab mal keine Angst vor mir, ich werde dir schon nicht zu nahe kommen, jedenfalls nicht näher als es des Himmels Anstand zulässt. Obwohl ich dir gleich sagen möchte, diese Regeln lasse ich wirklich nur gelten, solange wir uns noch im Himmel aufhalten."

„Es sind ja nur noch wenige Tage, Gottfried."

Plötzlich wirkte sie äußerst nervös und aufgewühlt.

„Was meinst du mit: nur noch wenige Tage?"

„Nach eurem Zeitgefühl sind es nur noch drei Tage, bis wir auf die Erde geschickt werden. Das bedeutet, dass wir beide gemeinsam auf die Erde gehen. Gottfried, ich kann es noch gar nicht glauben."

Wie angewurzelt stand er wortlos vor ihr. Bewegungsunfähig schleuste er ihre Worte durch seine Hirnwindungen. Als er sie endlich richtig gedeutet hatte, stieg ihm vor Aufregung alles verfügbare Blut in den Kopf.

„Du sagst ja gar nichts", bemerkte sie äußerst scharfsinnig.

„Ich bin ganz durcheinander. Wenn man nur so miteinander darüber redet, ist alles so viel einfacher, als wenn es plötzlich Realität werden soll."

Er wollte die Nachricht, auf die sie beide so innig gewartet hatten, wie einen bösen Schrecken hinunterschlucken, doch sein Mund war zu trocken.

„Was glaubst du wohl, wie es mir geht? Du gehst nach Hause, aber ich weiß über die Erde nur, was ich von dir erfahren habe. Und ich denke, das wird noch lange nicht alles gewesen sein. Die eine oder andere

Überraschung wird da unten schon noch auf mich warten. Solltest du mich auch nur eine Minute allein lassen, so wirst du dein blaues Wunder erleben. Dagegen würdest du die Hölle wie einen Vergnügungspark empfinden."

„Aber Michaela, ich könnte keine Sekunde mehr ohne dich leben. Was sollte ich ohne dich mit meinem neuen Leben auf der Erde anfangen? Es wäre doch keinen Moment mehr lebenswert, trotz der Vorteile, die ich zweifellos meinem alten Dasein gegenüber erhalten habe. Ich werde nicht nur immer für dich da sein, ich werde auch darauf achten, dass es dir immer gut ergehen wird."

„Du bist mir ein schöner Schmeichler, aber was hast du mir bisher verheimlicht, dass du jetzt so besorgt um mich bist? Ist es da unten denn wirklich so schlimm, dass du ewig auf mich aufpassen musst".

Michaela machte einen vollkommen entmutigten Eindruck.

„Ich wollte dich damit nicht unnötig beunruhigen, ganz im Gegenteil. Ich habe es für mich behalten, weil du davon keine Vorstellung hast. Mich beschäftigt nämlich etwas, das wir als das Salz des Lebens bezeichnen würden. So großartig euer Himmelreich auf den ersten Blick auch sein mag, so fehlt ihm doch eine gewisse Würze."

Zur verängstigten Miene, gesellte sich jetzt auch noch ein ratloser Ausdruck, der ihrer Schönheit jedoch nichts anhaben konnte.

Er konnte sich ein Lächeln nicht verkneifen, als er Michaela beruhigen wollte.

„Habe keine Angst, es ist alles nicht so schlimm wie es sich anhört. Nicht umsonst nennen wir die kleinen Probleme, die unseren Alltag begleiten, auch gern das Salz des Lebens. Damit wollen wir eigentlich nur sagen, dass die täglichen Herausforderungen, so unentbehrlich sind, wie das Salz in der Suppe."

„Salz in der Suppe? Gottfried, was willst du mir denn damit sagen?"

Michaela sah ihn fragend an.

„Ich habe wirklich keine Ahnung worüber du redest. Was gefällt dir denn nicht bei uns? Ich dachte bisher, dass der Himmel nach den Vorstellungen und Wünschen der Menschen gestaltet wurde. Und nun glaubst du, hier fehlt das Salz in der Suppe. Von welcher Suppe redest du überhaupt?"

„Entschuldige, ich habe einen Moment total vergessen, dass ihr nicht essen müsst".

„Ach so", sagte Michaela, „ihr macht also Salz an euer Essen. Aber was hat das nun mit unserem Himmel zu tun?"

„Das ist nur so eine Redensart. Um das zu verstehen, fehlt dir noch zu viel Grundwissen. Aber das bekommen wir schon noch hin."

Inzwischen sah sein Engel schon wieder ein wenig entspannter aus und brachte eine Nuance ihrer Anmut zum Vorschein.

„Lass es mich so versuchen: für eine gewisse Zeit ist es wunderbar so sorglos zu sein, aber eines Tages wird die Vollkommenheit ihren Reiz verlieren. Ich will es einmal so sagen: Jeden Tag auf einer vollkommenen Wolke zu sitzen, ist nach kürzester Zeit nicht mehr so reizvoll; erst wenn du zwischendurch auf einer Gewitterwolke sitzen musstest, weißt du die Schäfchenwolke im Sonnenschein wieder zu würdigen."

„Ich kann dir noch nicht folgen."

„Bei uns wirst du sehen, was ein richtiges Leben ausmacht. Lass mich noch einmal auf das Salz in der Suppe zurückkommen. Das Salz allein schmeckt furchtbar, aber in der Suppe ist es unverzichtbar. Womit wir sagen wollen, das Leben braucht Höhen und Tiefen, um wirklich lebenswert zu sein. Erst wer einmal richtig gefroren hat, der weiß wohlige Wärme zu schätzen, und wer jemals unter schrecklichem Durst gelitten hat, wird nicht immer nach Champagner verlangen, sondern auch einen Schluck abgestandenes Wasser zu schätzen wissen."

„Aber die Götter haben doch dieses himmlische Paradies nach euren Vorstellungen geschaffen. Was soll denn daran falsch sein?"

„Das ist doch genau das, was ich dir zu erklären versuche. Wenn es mir nie an etwas fehlt, ich also immer gesättigt bin, niemals friere, Durst verspüre oder Angst vor etwas habe, dann wird das Leben irgendwann keine Freude mehr bereiten. Wer immer genügend Wasser und Brot hat, wird dieses Wasser und Brot bald nicht mehr zu schätzen wissen, denn er beginnt, sich nach den feineren Getränken und Speisen zu sehnen. Doch wenn ihm auch diese immer zur Verfügung stehen, wird er nach weiteren neuen Gelüsten suchen; solange, bis er irgendwann nichts mehr findet, was ihm Freude bereitet. Was dann? Wie geht es ihm dann?"

„Ich kenne diese Empfindungen nicht, doch ich denke, ich weiß zumindest was du damit sagen willst."

„Na, dann scheint ja Hopfen und Malz noch nicht verloren zu sein."

„Das verstehe ich jetzt aber wirklich nicht."

„Vergiss es für den Moment, das sind Redewendungen, über die wir uns später noch genug unterhalten können. Lass mich dir erst einmal erklären, warum das Leben auf der Erde vielleicht doch besser ist, als tot bei euch im Himmel zu sein.

Also – als die Götter den Himmel schufen, gingen sie natürlich von dem aus, was sich die Menschen in grauer Vorzeit von ihrem Leben erhofften. Da es ihnen damals auch am notwendigsten mangelte, war es wohl recht einfach ihnen den passenden Himmel zu bescheren. Die, die sich schon sorgen mussten satt zu werden und kaum wussten, wie sie ihre Kinder durchbringen sollten, waren diejenigen, die am ehesten bereit waren an den Himmel und alle möglichen Götter zu glauben. In der Hoffnung, es würde ihnen wenigstens nach dem Tod besser gehen, fielen sie vor allem auf die Knie, was irgendwie mit Gottheiten zu tun hatte. Das heißt, dass sie Götter anbeteten, die sie tatsächlich nie zu Gesicht bekommen haben. Denn in den meisten Gebeten ging es doch ausschließlich darum, nicht hungern zu müssen, nicht zu frieren, krank zu werden oder auf sonst irgendeine Art leiden zu müssen."

Trotz seiner hingebungsvollen Schilderungen, war Gottfried aufgefallen, dass Michaela noch nie so lange die Flügel stillgehalten hatte. Jedenfalls nicht wenn sie beide unter sich waren, ohne die störende Anwesenheit anderer Personen, gemeinsame Zeit verbrachten.

„Allerdings waren sie gewiss nicht glücklich darüber", griff er den Faden wieder auf, „dass sie auf die Annehmlichkeiten warten mussten, bis sie endlich im Himmel eintreffen würden. Doch leider sind die Menschen seit jeher mit einem fatalen Fehler behaftet. Sie werden sich nie einig werden, nicht einmal, wenn es um Götter geht; am liebsten hätte wohl jeder seinen eigenen Gott in der Tasche gehabt."

„Aber die Götter haben sich doch immer sehr gut untereinander verstanden."

„Wenn sich die Menschen doch bloß ein Beispiel daran nehmen würden. Deshalb hätten sie irgendwann begreifen müssen, dass selbst die Götter es nicht jedem recht machen können. Doch sie schlagen sich bis heute lieber gegenseitig die Köpfe ein, als sich auf einen Gott zu einigen. Dafür sind die Menschen zu egoistisch und haben einfach zu viele unterschiedliche Interessen. Keiner will auch nur einen Millimeter zurückweichen."

„Ich hoffe du weißt noch, wozu wir auf die Erde geschickt werden?"

„Natürlich, wie könnte ich das vergessen. Wer hätte nicht schon einmal davon geträumt, die Welt zu verbessern. Und, wenn es einem auch noch so leicht gemacht wird wie uns, dann treiben wir den Menschen mal eben ihre Religion aus und schon ist die Welt wieder im Lot."

„Niemand hat gesagt, dass es einfach wird; aber es ist durchaus möglich. Hast du denn gar nichts dazugelernt?"

„Doch, dass hab ich. Ich will ja nur damit sagen, dass es nicht einfach wird, wenn sie sich doch wenigstens auf einen Gott einigen könnten. Aber das wäre vermutlich noch schwieriger, als sie alle vom Glauben abzubringen.

Da sich der Teufel eher Frostbeulen holen wird, als dass sich die Menschen einigen werden, bleibt nur der eine Weg: Die Götter müssen eben alle verschwinden."

„Du meinst also, dass sich danach tatsächlich alle Menschen lieb haben werden?", sagte sie mit dem ihr eigenen, leicht ironischen Unterton.

„Na ja, so ungefähr."

„Demnach müsste es da unten irgendwann so sein wie hier oben bei uns."

„Nein, eben nicht. Es wird da unten, wie du es nennst, immer noch, mal heiß und mal kalt sein; einmal wird die Sonne scheinen, ein anderes Mal regnet es fürchterlich. Oder es schneit zur Freude der Kinder und zum Ärger alter und behinderter Menschen.

Und weiterhin wird es auch Gut und Böse geben."

„Gottfried, du machst es mir wirklich nicht leicht. Du hattest mir ja schon so einiges erzählt, rückst aber erst jetzt mit den Problemen raus."

„Deine Befürchtungen sind vollkommen unnötig. Wir werden keine Probleme bekommen. Das einzig schwierige besteht doch in dem Auftrag selbst. Um die Wünsche der Götter erfüllen zu können, wer-den wir unvermeidlich auf Konfrontation mit den Hasspredigern und Fanatikern gehen müssen.

Bei den dazu erforderlichen Einsätzen werden wir uns leider am seltensten mit wirklich guten Menschen streiten. Aber wie du schon sagtest, werden wir dort, wo ich herkomme, sehr viel mehr Zeit für uns haben, als unsere Mitstreiter in anderen Regionen dieser Welt.

Lass uns als Beispiel Saudi-Arabien oder Pakistan nehmen. Würden wir dort eingesetzt werden, könnten wir wahrscheinlich vor Angst kein Auge schließen. Denn die wirklich großen Probleme sind in den Gebieten zu Hause, in denen die strengen, unerbittlichen Sittenwächter das Sagen haben. Die gehen mit keinem Kritiker ihrer Religion zimperlich um. In den Gegenden wird kaum jemand umhinkommen, einen Zweiten oder vielleicht sogar dritten Anlauf zu nehmen, weil seinem Leben ein unsanftes Ende bereitet wurde, noch bevor er den Wünschen der Götter gerecht werden konnte."

„Ich bin den Göttern nicht nur dankbar dafür, dass sie dich mir anvertrauten, ich bin auch überaus glücklich darüber, dass du aus einer vergleichsweise so außerordentlich friedlichen Gegend zu uns gekommen bist."

Dem konnte Gottfried nur zustimmen.

„Seit ich die Therme aufsuche, weiß ich, um wie viel schlimmer es hätte kommen können. Ich habe dort so viele grauenhafte Geschichten gehört, dass auch ich heilfroh darüber bin. In anderen Regionen dieser Welt hätte ich keine Wahl gehabt, an euch zu glauben oder nicht. Man hätte mir nicht einmal die Möglichkeit gelassen, den Glauben frei zu wählen. Wir haben zwar auch eine Menge verbohrter Holzköpfe in den Kirchen sitzen, die aber glücklicherweise an unsere weltlichen Gesetze gebunden sind."

Vor Gottfrieds geistigem Auge tanzte ein zauberhafter Engel umher, der zwar seine Flügel eingebüßt hatte, doch trotzdem, weder seinen Liebreiz noch den Hauch seiner Anziehungskraft verloren hatte.

Und sein Engel wunderte sich gerade ein weiteres Mal über Gottfrieds verklärten, beinahe schon schwachsinnigen Gesichtsausdruck.

„Aber was macht dich denn weiterhin so unsicher und verwirrt, dass dir das Blut in den Kopf schießt?" Michaela schien wirklich ratlos. „Machst du dir vielleicht doch meinetwegen unnötige Sorgen?"

Mein Engel offenbart schon sehr weiblich ausgeprägte Züge, noch bevor sie ihre Flügel eingebüßt hat, dachte Gottfried, der sich irgendwie ertappt fühlte.

„Nein, es geht nicht um dich … doch", korrigierte er sich, „eigentlich geht es auch um dich. Es sind so einschneidende Veränderungen, für die ich keine Beispiele, nichts Vergleichbares kenne. Der Gedanke, ich könnte mir bis in alle Ewigkeit den Himmel mit dir teilen, hatte sich schon fest in mir verankert. Doch nun muss ich mich plötzlich von der zauberhaften Vorstellung wieder lösen."

„Und wenn du einfach versuchst, dir vorzustellen, dass ich keine Flügel mehr habe?"

Da war es wieder, das verräterische Vibrieren ihrer Flügel. Wie zur Bestätigung seiner Gedanken wählte sie nun ihre nächsten Worte.

„Du weißt doch, bei wie vielen Gelegenheiten sie uns, oder besser gesagt: wobei sie dir im Wege sind."

So, wie Michaela ihre Empfindungen mit der leichten, kaum merklichen Vibration ihrer Flügel verriet, so war es Gottfrieds Gesichtsfarbe, die er nicht unter Kontrolle hatte.

„Na, gefällt dir die Zukunftsaussicht jetzt schon besser?"

Jetzt konnte er sich, trotz seiner Schamröte, ein verschmitztes Lächeln nicht verkneifen.

„Manchmal fällt mir verdammt schwer zu glauben,

dass du ein Engel bist. Trotz deiner Flügel."

Nach dem Austausch neckischer Spitzfindigkeiten, lagen sie wohl gleichauf. Somit konnten sie sich den praktischen Übungen zuwenden.

Gottfried fühlte sich berufen etwas vorzuschlagen.

„Da wir gerade beim Thema sind, möchte ich dich fragen was du davon hältst, wenn wir gleich ins Auditorium gehen. Wir könnten uns doch mit Alex und den anderen treffen, um ihnen ein wenig Gesellschaft zu leisten."

Zu seiner Erleichterung schenkte sie ihm als Antwort, wieder einmal im rechten Moment, ein bezauberndes Lächeln.

Und auf die ziemlich überflüssige Frage, ob sie schon etwas Besseres vorhätte, wollte ihr beim besten Willen nichts einfallen. Doch Gottfried hatte noch eine Frage, die er sich bisher nicht zu stellen traute. Denn es war, nach seinem Empfinden ein ziemlich heikles Thema.

Trotz der wunderbaren Nähe zu Michaela, dachte er ab und zu an seine Hilde. Nach ihrem Tod konnte er sich lange nicht vorstellen, dass er jemals ohne sie wieder glücklich werden könnte. Er hatte sich damit getröstet, ob es nun einen Himmel gab oder nicht, dass sie nicht mehr leiden musste. Heute, da er nun um einiges schlauer war, als zum Zeitpunkt ihres Todes, kam ihm der Gedanke, einen leibhaftigen Engel nach Hildes Aufenthalt zu fragen.

Das Dumme daran war nur, dass er keinen anderen Engel als Michaela danach fragen konnte.

Das Michaela sehr eifersüchtig ist, hatte sie schon mehrfach gezeigt, wie würde sie also auf eine derart unmissverständliche Frage reagieren?

Bei ihrem nächsten gemeinsamen Aufenthalt im Auditorium, biss er sich so heftig auf die Unterlippe, dass Michaela nicht anders konnte, als ihn nach seinem Gemütszustand zu fragen.

„Gottfried, was ist mit dir, hab ich schon wieder etwas falsch gemacht?“

„Wie bitte, was wolltest du wissen? Entschuldige bitte, ich war mit meinen Gedanken nicht bei der Sache“.

„Genau“, sagte sie, „ich sehe doch, dass du an jemand denkst. Und dieser Jemand bin nicht ich, sonst würdest du dir keine Schmerzen zufügen.“

„Schmerzen, wieso Schmerzen?“

„Ich habe doch gesehen, dass du dich gebissen hast. Da, auf deine Lippe. Du machst es doch schon wieder. Merkst du es denn gar nicht?“

Erst jetzt wurde Gottfried bewusst, was sie meinte. Er ließ seine Unterlippe in Ruhe und nahm stattdessen seinen ganzen Mut zusammen, um ihr die Frage zu stellen, die ihr vermutlich nicht gefallen würde.

„Michaela, ich kann nicht anders. Ich muss dich fragen, was aus meiner geliebten Hilde geworden ist. Ein Engel wird doch über alle im Himmel verweilenden etwas wissen.“

„Warum fragst du nicht gleich nach ihr? Sie ist in den besten Händen. Auch sie hat natürlich, genau wie du, einen sehr lieben Engel, als Unterstützung für die Rückkehr zur Erde bekommen.

Du kannst mir ruhig glauben, dass auch für Hilde ein Engel, ganz nach ihren Ansprüchen und Neigungen bestimmt wurde, der ihr nicht von der Seite weichen wird.

Also wird es ihr keinen Deut schlechter gehen als dir. Es ehrt dich zwar, dass du in Sorge nach deiner früh verstorbenen Frau fragst, aber wage lieber nicht zu oft, ausgerechnet mich nach ihr zu fragen."

Das gefährliche Funkeln in ihren Augen, riet ihm, sich lieber mit der Antwort zufriedenzugeben.

Engel treffen die Vorbereitung

Gelegentlich ging Gottfried zwar noch in die Therme und tauschte mit den anderen Kandidaten Meinungen und Erwartungen aus, die in erster Linie die bevorstehende Rückkehr betrafen. Doch lag ihm sehr viel mehr daran, mit Michaela auf einer einsamen Wolke zu sitzen und sich mit ihr in die gemeinsame Zukunft hinein zu träumen.

Auf diese Weise trieben sie sich gegenseitig in eine ungeduldige Neugier, die ihnen die Wartezeit, dann allmählich doch schwerer machte, als sie ohnehin schon war.

Bis Michaela ihm eines Tages schweren Herzens mitteilte, dass jeder Engel, der mit seiner Begleitung auf die Erde hinunterging, zwei Tage früher dort eintreffen musste, um schon mit seiner Arbeit zu beginnen. Denn die erste Aufgabe der Engel bestand darin, für eine gemeinsame Unterkunft zu sorgen; am besten irgendwo in der Nähe ihres Wirkungskreises.

Gottfried war ein wenig enttäuscht darüber, die restliche Zeit im Himmel allein verbringen zu müssen, doch Michaela versicherte ihm, dass sie ihn nur für eine wirklich kurze Dauer verlassen wird. Insgeheim freute sie sich sogar himmelhochjauchzend über diesen bedeutungsvollen Einsatz. Sie konnte kaum erwarten, eine behagliche Unterkunft für sie beide ausfindig zu machen.

Mit ihrem ungewöhnlichen Erscheinen würden sie natürlich Aufsehen erregen. Wenn zwei Menschen plötzlich wie aus heiterem Himmel auf der Straße auftauchen, lässt das keinen Augenzeugen kalt. Und sie konnten nicht davon ausgehen, auf einem menschenleeren Platz zu erscheinen. Das hätte auch wenig Sinn ergeben, denn unbemerkt, ließe sich ihre Geschichte nicht so gut wie geplant mit den Göttern und ihrer Mission verknüpfen.

Inmitten der Aufregung, die sich sofort unter den Passanten ausbreiten würde, wäre es sicherlich nicht besonders einfach, sich in aller Ruhe nach einer lauschigen Unterkunft umzusehen. Angesichts dessen hatten alle Engel den Auftrag erhalten, noch vor ihrem mysteriösen Auftritt, nach einem geeigneten Hotelzimmer oder einer Pension zu suchen und schon vor ihrer Ankunft zu reservieren. Dorthin sollten sie sich dann möglichst schnell zurückziehen, ohne von den Augenzeugen aufgehalten oder verfolgt zu werden.

Die Tageszeit und der Ort waren so gewählt, dass ihr plötzliches Erscheinen von gerade genug Passanten gesehen würde, um öffentliches Interesse zu wecken und anschließend die dringend erforderlichen Diskussionen auszulösen. Andererseits nicht zur Hauptverkehrszeit, was unweigerlich einen Tumult unter Menschenmassen auslösen würde, der unabsehbare Folgen haben könnte. Allerdings wäre es wenig hilfreich niemanden anzutreffen, denn im Nachhinein auf sich aufmerksam zu machen, wäre ungleich schwieriger und wenig glaubwürdig.

Aus heiterem Himmel

„Haben Sie das eben gesehen?"

„Nein, wovon reden Sie denn?"

„Ich habe ganz zufällig dort hinüber gesehen. Da kam sie wie aus heiterem Himmel."

„Wenn ich nur wüsste wovon Sie reden?"

„Na, diese Frau da drüben, eben war sie noch nicht da. Dann kam sie plötzlich so einfach aus dem Nichts."

„Mein lieber Mann, Sie hätten mindestens das letzte Bier stehen lassen sollen".

„Nein, der Herr hat recht", mischte sich eine ältere Dame mit Hundeleine ein, „ich habe es doch auch gesehen."

Die Dame am Ende der Hundeleine war so aufgeregt, dass sie nicht einmal bemerkt hatte, dass sich ihr Hund aus dem Staub gemacht hatte."

„Hey, nun seht doch mal da drüben, der Mann da auf der anderen Straßenseite, der war eben auch noch nicht da!"

„Ach, sieh mal einer an, jetzt haben wir schon eine

Gruppen-Fata Morgana", sagte ein neu hinzugekommener, großer Kerl mit Base-Ball-Cap, „oder sollte ich sagen Massenhysterie".

Die, die ihn überhaupt zur Kenntnis genommen hatten, atmeten erleichtert auf, als er sich lachend davonmachte.

„Habt ihr auch dieses merkwürdige Licht gesehen?"

„Ja ganz genau, kurz bevor die erschienen waren, konnte man nur so ein Leuchten sehen."

„Ihr seid ja alle besoffen. Einen solchen Quatsch hab' ich in meinem ganzen Leben nicht gehört."

„Selber besoffen", konterte die Dame, die ihren Hund noch nicht vermisste und weiter an ihrer Leine festhielt.

„Der ist doch so abgefüllt, dass er die Augen nicht mehr auf bekommt", schob sie mutig hinterher.

Der beleidigte Zweifler begab sich kopfschüttelnd aus der Schusslinie.

So ungefähr muss es sich abgespielt haben. Genau war es nicht mehr zu rekonstruieren, weil die Aussagen mit der Zeit immer widersprüchlicher wurden. Wie muss es erst nach Jesus' Tod gewesen sein, als schon mehr als einhundert Jahre vergangen waren, bevor die ersten Zeilen der Bibel geschrieben wurden?

Über Nacht, so hofften die Götter, würden sich die merkwürdigen Gerüchte wie ein Buschfeuer über den gesamten Globus ausbreiten.

In den folgenden Nachrichten ging es um das Erscheinen himmlischer Wesen, die dann am nächsten Tag, in allen möglichen Variationen, aus den letzten Winkeln der Welt bestätigt wurden.

Aber darüber wollten sich Michaela und Gottfried

jetzt noch nicht den Kopf zerbrechen.

Im Moment waren sie sich selbst genug.

Ich bewundere euren Mut

Während sich Michaela auf der Erde damit beschäftigt hatte, ihre Vorbereitungen für Gottfrieds Ankunft bis ins kleinste Detail vorzubereiten, nutzte er die Zeit, um sich in der Therme ausgiebig von seinen Mitstreitern zu verabschieden.

Wie zu erwarten, war Gottfried bei Weitem nicht der einzige, der die Abwesenheit der Engel zu einem letzten Treffen nutzte. Statt sich wie bisher in einem eher intimen Kreis vertrauter Weggenossen zu treffen, fand er sich in einem grotesken Haufen nackter Männerleiber wieder. Obwohl ihm die Nacktheit unter Freunden mittlerweile keine Probleme mehr bereitete, bescherte ihm das Überangebot fremder Leiber anfänglich ein leichtes Unbehagen. Doch schon nach wenigen Minuten war alle Peinlichkeit vergessen und er bewegte sich, genau wie jeder andere, völlig frei und unbeschwert inmitten von Armen, Beinen und was sonst noch alles dazugehörte.

Wie zu erwarten, war die Stimmung keinesfalls bei jedem gleich, dafür waren die bevorstehenden Aufgaben zu ungleich gestellt. Denn den meisten standen extrem schwierige Tage, Wochen oder Monate bevor. Vor allen Dingen, weil sie eine andere, äußerst harte Vergangenheit hinter sich hatten, als zum Beispiel Gottfried. Was ihnen zugemutet wurde, lag häufig im Bereich von ziemlich knifflig bis absolut lebensgefährlich. Obwohl ihre irdische Existenz, wie man ihnen versicherte, nur kurzfristig bedroht war, hätte Gottfried nicht gewusst, wie er mit der Bedrohung umgegangen wäre.

Doch diejenigen, die jetzt von der brutalen Variante betroffen waren, hatten ja schon eine harte Schule hinter sich. Und trotzdem – auch wenn er sie jetzt so relativ locker plaudern hörte, hatte er absolute Hochachtung vor ihnen.

„Wenn ich mit meinem Einsatz eine bessere Zukunft schaffen kann, stelle ich mich auch mehrmals diesen Bestien entgegen. Ich weiß ja, dass ich so lange ein neues Leben bekomme, bis wir das Ziel erreicht haben."

„Und mein Engel wartet jedes Mal auf meine Rückkehr, bis ans Ende unserer Tage."

„Na ja – spaßig wird die ganze Aktion bestimmt nicht. Aber immerhin haben wir ein gemeinsames Ziel. Und für dieses Ziel leisten wir gern unseren Beitrag, auch wenn er noch so unangenehm sein sollte", sagte ein auffallend großer Afrikaner.

Ihm flog aus allen Richtungen hoffnungsvolle Zustimmung entgegen.

„Ich bewundere euren Mut", sagte Gottfried anerkennend, „ich glaube, ich hätte nicht den Mumm unter einen Galgen zu treten. Ganz egal, aus welchem Grund. Ein zu Recht Verurteilter möchte doch ebenso gern weiterleben, wie der zu Unrecht Verdonnerte. Schon wenn mir einer dieser Schlächter gegenüberstünde, hätte ich im selben Moment die Hosen voll."

„Wenn es so weit ist, trägst du hoffentlich Hosen", bemerkte ein junger Mann, den Gottfried nie zuvor gesehen hatte.

Ein blasser, mittelgroßer Nordeuropäer rügte ihn, weil er derartige Späße für unangebracht hielt.

„Du glaubst doch nicht, dass uns wohl dabei ist", sagte der Afrikaner. „Wenn du aber mit Ungeheuern aufgewachsen bist, die eine ursprünglich gut gemeinte Religion bis zur Unkenntlichkeit verzerrt und rücksichtslos missbraucht haben, siehst du die Umstände automatisch etwas gelassener. Dann wünschst du dir nichts sehnlicher, als diesem Spuk ein Ende zu bereiten."

„Ganz recht", stimmte einer zu, „und wenn wir dafür nicht einmal Blut vergießen müssen, außer unserem eigenen möglicherweise, so ist das eine Gelegenheit, für die wir dankbar sein sollten. Zumal uns versichert wurde, wir würden bei unserer Hinrichtung weder Angst noch Schmerz empfinden."

„Die Angst scheint man uns jetzt ja schon erfolgreich genommen zu haben, denn sonst würden wir kaum hier stehen und auf die Rückreise warten", warf jemand aus dem Hintergrund ein.

„Eure Heimat mag ja noch so schön sein, dennoch bin ich froh, nicht in die Auseinandersetzungen zu geraten, die ihr untereinander austragen werdet. Aber wenn wir erst alles hinter uns haben, kommen wir euch gern einmal besuchen."

Fröhliches Lachen wurde, mit „du bist jederzeit herzlich willkommen", freundschaftlich besiegelt.

Doch dann breitete sich unter den Betroffenen wieder eine etwas angespanntere Stimmung aus. Andere machten sich überhaupt keine Gedanken, sondern ließen alles auf sich zukommen.

Besonders groß war die Gruppe derer, die sich diebisch darauf freuten, endlich eine Gelegenheit zu bekommen, die Streitereien, Anfeindungen und Kriege unter den verschiedenen Religionen beenden zu können.

Eines jedoch, hatten sie alle gemeinsam: Sie nahmen die Gelegenheit ungemein dankbar an, sich hier in der Therme noch einmal zu sehen und miteinander zu reden, bevor der Plan der Götter in die Tat umgesetzt werden sollte.

Es war ja nicht so, dass jeder alle Anwesenden kannte, aber die meisten von ihnen hatten wenigstens schon ein paar Worte miteinander gewechselt. Deshalb nahmen sie die Chance wahr, sich alles Gute zu wünschen und hofften, die göttlichen Pläne mit dieser Aktion zum begehrten Erfolg zu verhelfen.

Manche gaben sich zum Abschied die Hand, andere umarmten sich trotz ihrer Nacktheit, was für Gottfried schon ein etwas befremdlicher Anblick war. Doch am heutigen Tage schien sich niemand ernsthaft daran zu stören.

Nach und nach löste sich die Versammlung wie von selbst auf, denn jeder hatte ein letztes, himmlisches Treffen mit seinem Engel, was natürlich niemand verpassen wollte. Nur einmal noch, hatten sie die Gelegenheit, ihren Engel mit seinen beeindruckenden Flügeln zu sehen. Anschließend gingen sie auf die Erde, in ein neues Leben. Ein Leben mit allen Hindernissen und Höhepunkten, mit Freude und Schmerz, Lust, Leidenschaft und Liebe, mit all seiner Faszination und Gefahren.

„Gottfried, du gehst jetzt genau wie alle anderen wieder in deine Wohnung", sagte Michaela mit betont feierlicher Stimme.

„Dort wartest du bitte bis zur Abreise. Doch diesmal wirst du nicht nach mir rufen, denn du wirst darauf warten müssen, dass ich dich rufe". Sie verfiel jetzt in einen ungewohnt ernsthaften Ton.

„Mach dir keine Gedanken, ich werde dich so schnell wie möglich holen. Du wirst dich wundern, wie schnell du bei mir auf der Erde sein wirst."

Plötzlich sah sie wieder so anbetungswürdig aus, wie jedes Mal, wenn sie an etwas ganz besondere Freude hatte. So wie auf dem Weg ins Auditorium. Ganz egal, ob Gottfried weiterhin lernen wollte, um sich gut auf die Rückkehr vorzubereiten, oder um sich nur eine schöne Zeit miteinander zu machen.

„Ich habe eine wunderschöne, wirklich romantische Bleibe für uns gefunden. Es wird dir sicher gefallen. Allerdings werden wir vorher auf dem Marktplatz deines Heimatortes erscheinen müssen, und zwar getrennt, damit verdoppeln wir die Chance, dass uns bei der Ankunft jemand bemerkt. Wie ich den Treffpunkt einschätze, werden wir dort zur geplanten Uhrzeit gerade so viele Leute antreffen, dass wir wenigstens von einigen bemerkt werden. Aber das weißt du sicher genauso gut wie ich. Wichtig ist nur, dass wir gesehen werden. Danach können wir sofort in dem kleinen, verträumten Hotel verschwinden, das du sicher kennen wirst."

„Du irrst dich gewaltig, wenn du glaubst, dass ich auch nur eins der Hotels in dem Ort kenne. Das letzte Hotel, an das ich mich erinnere, liegt in Spanien, und das ist inzwischen schon mindestens vierzig Jahre her."

„Wenn das nicht schon wieder eine ziemlich traurige Geschichte ist, Gottfried." Michaela zeigte echtes Mitgefühl.

„Was hast du nur alles versäumt in deinem Leben?" „Immerhin kenne ich den Marktplatz, das ist doch schon eine ganze Menge wert."

Er versuchte mit diesem kleinen Spaß sein Manko zu überspielen, war aber doch peinlich berührt, wegen seines bisher wirklich tristen Lebens. Er fühlte sich wie ein Tölpel, der dabei ertappt wurde, wie er das Angebot eines kostenlosen Vergnügens ausgeschlagen hatte.

„Dann lass dich einfach von mir überraschen, du wirst schon sehen, was dich erwartet."

Eine zarte Röte gab ihrem feinen Gesicht etwas Unschuldiges, doch das heftige Vibrieren ihrer Flügel, erzählte eine andere Geschichte.

„Bis nachher, in deinem neuen Leben", und weg war sie.

Wie versprochen, hielt sie auch jetzt ihr Wort und ließ nicht lange auf sich warten.

Engel ohne Flügel

Als Gottfried den seit seiner Kindheit vertrauten Schlag der Turmuhr hörte, blickte er geistesabwesend hinauf. Es war tatsächlich schon neun Uhr abends. Nur selten gab es zu so später Stunde noch so angenehm sommerliche Temperaturen.

„Das ist ja ein fast himmlischer Sommerabend", dachte er. „Es ist tatsächlich so kuschelig, wie dort, wo ich gerade herkomme. Ob Michaela ihre Finger dabei im Spiel hatte? Wohl eher nicht; für das Wetter werden andere verantwortlich sein".

Natürlich hielt er sofort Ausschau nach seinem geliebten Engel.

„Da sie kaum in ihrem Nachtgewand hier erscheinen wird, macht sie es mir nicht leicht. Sie hätte mir ruhig einen Hinweis auf ihre Kleidung geben können. Ohne Flügel, die sie vorher abgeben musste, hab' ich sie ja noch nicht gesehen. Ich habe schon so meine Zweifel, ob ich sie überhaupt wiedererkenne. Anderseits wird sie, wie versprochen, auch nach mir suchen, und ich bin ja noch derselbe. Natürlich nicht derselbe, der die Erde verließ, aber derselbe, den sie vom Himmel her kennt".

Als seine Augen den Marktplatz nach Michaela absuchten, bemerkte er plötzlich, dass die Passanten, die den angenehmen Abend im Freien genießen wollten, auf ihn aufmerksam geworden waren und ihn unverhohlen anstarrten. Einige von ihnen hatten sich auf engstem Raum dicht zusammengepresst; manche tuschelten miteinander; andere zeigten nur mit dem Finger auf ihn oder gestikulierten heftig in seine Richtung und … ja, dort hinten … auf der anderen Seite des Platzes … dort hatte sich ein weiteres Objekt ihrer hektischen Aufmerksamkeit eingefunden … ebenso wie dieser Mann hier … ist dort hinten … eine wunderschöne Frau … wie vom Himmel gefallen.

Und darüber lohnte es sich offensichtlich zu streiten und sich auf das Heftigste zu erregen.

Da stand sie nun, seine Michaela. Ohne Flügel. Und statt des sakralen Nachtgewands, trug sie eine modische Kombination aus leichter Sommerhose und luftigem Sweater. Trotz ihrer fein eleganten Schuhe konnte sie ihm darauf sehr leichtfüßig und freudestrahlend entgegeneilen.

Auf dem Weg in Gottfrieds Arme, verwandelte sich ihr bis dahin skeptischer Ausdruck, sofort in die sorglos glückliche Michaela, die er aus dem Himmel kannte. Auf dem Weg zu Gottfried blickte sie noch einmal kurz über die Schulter zurück, um die am Rande des Marktplatzes stehenden Passanten einzuschätzen. Sie schien jedoch durch nichts beunruhigt zu sein. Es schien alles planmäßig zu verlaufen. Der Ort, die Zeit und das Wetter waren richtig gewählt. Es waren genug Passanten unterwegs, die sich nur die Beine vertreten, oder eine letzte Runde mit dem Hund drehen wollten. Für die meisten Kneipenbummler kam der Heimweg noch zu früh. Somit waren die momentan Anwesenden noch einigermaßen glaubwürdig.

Gottfried verschwendete im Moment allerdings noch keinen Gedanken an jemanden oder sonst etwas. Alles, was jetzt für ihn zählte, war Michaela. Bei ihrem Anblick vergaß er von einer Sekunde zur anderen, alles, was um ihn herum geschah oder geschehen könnte.

Er eilte ihr entgegen, um sie endlich glücklich an sich zu drücken. So wie normalerweise ein Mann auf der Erde seine geliebte Frau empfängt.

Michaela nahm die innige Begrüßung begeistert an und fiel ihm so stürmisch um den Hals, als wären sie eine Ewigkeit getrennt gewesen. Als fänden sie nie wieder die Gelegenheit, sich gegenseitig vor Liebe aufzusaugen.

„Endlich", brachte sie voller Ungeduld hervor. „Endlich sind wir allein. Wie lange habe ich darauf warten müssen."

Sie schmiegte sich so fest an ihn, als wollte sie verhindern, dass er zum Schafott gebracht würde.

Als Gottfried glaubte, sein Herz wieder unter Kontrolle zu bekommen und sich sein Blutdruck aus der Gefahrenzone entfernt hatte, wurde ihm klar, dass sie schnell von diesem Platz verschwinden mussten. Wer wusste schon, wie die aufgeregten Passanten noch reagieren würden. In der Geschichte gibt es eine Menge Beispiele für Fehlverhalten aufgebrachter Menschen, die in Furcht vor etwas, unberechenbar überreagierten.

Gottfried wollte keinesfalls einen weiteren Beweis für religiösen Wahn liefern. Da wollte er lieber Michaela an ihre neue Umgebung und an den heiklen Auftrag erinnern, als hier, mit Michaela im Arm, Spinnern zum Fraße vorgeworfen zu werden.

„Sagtest du nicht, wir müssten hier wegen der neugierigen Leute schnell wieder verschwinden?"

„Ja natürlich, du hast recht", sie löste sich schweren Herzens von ihm, „wir müssen jetzt sehen, dass wir sofort ins Hotel kommen. Noch bevor die ihre Mäuler wieder schließen können, sollten wir im Hotel sein."

Sie griff nach seiner Hand und zog ihn mit sich.

„Komm mit, es ist ja nur ein paar Minuten von hier entfernt."

Doch bevor sie den Marktplatz verließen, drehten sich beide noch einmal nach den Passanten um. Aber es sah nicht so aus, als würde jemand den Versuch machen, ihnen zu folgen. Jeder, der neugierigen, verblüfften Fußgänger, schaute dem seltsamen Paar hinterher, das aus heiterem Himmel vor ihnen erschienen war. Einige der vielen kleinen Gruppen standen nur ziemlich hilf- und sprachlos herum, andere schienen dagegen heftig zu diskutieren.

„Das verläuft ja wirklich genau so, wie es die Götter prophezeit haben. Der eine oder andere wird sich spätestens Morgen bei einer Zeitung melden oder einen Fernsehsender anrufen, um von einem Wunder zu berichten. Bei dem ersten Anrufer glaubt man noch an einen Betrunkenen oder einen vollkommen durchgedrehten Spinner. Wenn aber erst bei ein und demselben Journalisten, mehrere dieser merkwürdigen Anrufe eingehen, die auch noch von verschiedenen Personen bestätigt werden, die zur selben Zeit am selben Ort waren, dann wird er stutzig und stellt Nachforschungen an.

Dabei wird er schnell feststellen, dass sich diese Meldungen über die ganze Welt verbreitet haben. Dadurch erhärtet sich der Verdacht, etwas Wunderbares sei geschehen. Für diesen ins Zwielicht geratenen Berufsstand gilt das schon nahezu als Beweis. Und dann wirst du sehen, welch großartigen Erfolg wir haben werden."

Während sie ihn um die nächste Ecke zog, brachte er nur ein schlichtes „ja, kann sein", hervor und wurde schon wieder nachdenklich.

Mit dem inzwischen zu ihrem Verhältnis gehörenden Stoß in die Rippen zerrte Michaela ihn aber sofort aus seinen pessimistischen Gedanken.

„Na, was sagst du?"

„Wozu?"

„Zu dem Hotel, Gottfried. Wo bist du schon wieder mit deinen Gedanken? Ich freue mich auf die erste gemeinsame Zeit mit dir und du bist ganz woanders."

„Nein, bin ich nicht. Aber die Menschen am Marktplatz werden auch mit ihren Gedanken bei uns sein", er drehte sich beunruhigt nach allen Seiten um, „und das macht mich wirklich nervös."

„Wir beide werden die ganze Nacht allein sein. Glaube mir einfach, dass uns bis morgen früh niemand belästigen wird."

Ihre Worte hatten tatsächlich eine beruhigende Wirkung auf ihn. Mit einem Schmunzeln sagte er: „Wir sind gerade erst angekommen und schon vermisse ich deine Flügel. Sie haben mir stets deine Gedanken verraten."

245

Verunsichert sah sie ihn fragend an.

„Noch vor wenigen Augenblicken hätten mir die flatternden Federn verraten, was du in der kommenden Nacht von mir erwartest."

Die Art, wie er sie dabei ansah, verriet, dass er endlich alles um sich herum vergessen hatte und bereit war, sich restlos in ihr zu verlieren.

Doch Gottfried fand schnell zu seinem spitzen Humor zurück:

„Entweder lernst du, mit den Ohren so schön verräterisch zu vibrieren, wie du es so mit deinen Flügeln konntest, oder ich muss dir jetzt deine Wünsche von den Augen ablesen."

„Wenn du mir meine Wünsche von den Augen ablesen kannst, weiß ich nicht, warum wir noch hier auf der Straße stehen."

Sie zog ihn wieder mit sich und murmelte vor sich hin: „Mit den Ohren wackeln kannst du gleich vergessen."

Nun hatten es plötzlich beide eilig, in ihre Unterkunft zu kommen. Der freundliche Herr an der Rezeption überreichte ihnen den Zimmerschlüssel, grüßte Gottfried ohne eine Frage zu stellen und wünschte beiden eine angenehme Nacht.

Gottfried war die etwas weniger romantische Hälfte dieses ungewöhnlichen Paares, denn Michaela wurde von ihren Schöpfern mit allem ausgestattet, was Menschen mit einem Engel in Verbindung bringen, und einiges ging über die Vorstellung hinaus.

Wer meint, zu einem Engel gehören nur Flügel und ein ebenso schlichtes wie langes Nachtgewand, der irrt sich schon gewaltig. Denn er hat den Heiligenschein vergessen. Was die wenigsten wissen – wie sollten sie auch – Engel unterscheiden sich auch durch gewisse Veranlagungen und Charakterzüge. Gottfrieds Engel zeichnet eine herzhafte Dosis verträumter Romantik aus. Dementsprechend war die Auswahl ihrer Unterkunft ausgefallen.

Gottfried hätte sich für ihre erste gemeinsame Nacht keine geeignetere Bleibe finden können. Der gesamte Wohnraum strahlte, bis in die letzte Ecke, behagliche Wärme aus. Man konnte nicht anders, als sich darin wohl zu fühlen.

Nach der ersten Begeisterung überkam ihn dann doch wieder ein unangenehmes, beklemmendes Gefühl.

Doch selbst ein Engel ohne Flügel und Heiligenschein, bleibt eben ein Engel, vor dem man nicht alles verbergen kann.

„Gottfried, was ist los, habe ich nicht das richtige Appartement ausgesucht? Oder wärest du doch lieber im Himmel geblieben?"

„Nein Michaela, ich fürchte nur, ich werde gleich in meinem vertrauten Bett erwachen und wieder alt und krank sein."

Niedergeschlagen setzte er sich auf das Bett und blickte zu Boden.

„Was noch viel schlimmer ist – dich wird es dann auch nicht mehr geben."

„Was willst du mir damit sagen, Gottfried? Wir sind doch beide hier. Muss ich dich erst kneifen, damit du begreifst, dass du, nein, dass wir beide, uns wirklich gemeinsam in deiner Heimat befinden?

Oder gefällt dir etwa diese Unterkunft nicht, weil ich sie nach meinem Geschmack ausgesucht habe?"

„Es geht nicht um deinen oder meinen Geschmack, denn es ist mein Geschmack. Weil es exakt mein Zuhause ist, verstehst du?"

Wir stehen in meiner Wohnung. Entweder bin ich hier gestorben oder ich bin hier alt und krank eingeschlafen und werde gleich alt und krank wieder aufwachen."

„Oh nein, Gottfried, das tut mir leid. Ich wollte dir damit doch nur eine Freude bereiten. Die Götter hatten mir ihre Hilfe angeboten, damit ich für dich ein Zuhause finden kann, in dem du dich so richtig wohlfühlst."

Sie legte einen Arm um ihn und ließ sich neben ihm auf dem Bett nieder.

„Und nun mache ich dir Angst damit. Ich denke, wir sind vielleicht ein wenig zu weit gegangen. Aber ich kann dir versichern, dass du nicht in deinem alten Leben erwachen wirst, und ich werde nicht von deiner Seite weichen, solange du mich ertragen kannst."

Noch ein wenig misstrauisch sagte er, „nach dem, was ich erlebt habe, könnt ihr alles mit mir machen, schickt mich nur nicht wieder in mein altes Leben zurück."

„Vergiss doch bitte dein altes Leben. Wenigstens für heute Nacht, denn ich möchte jetzt all das mit dir machen, wovon wir beide geträumt haben, seitdem du zu mir in den Himmel kamst. Denk jetzt bitte nur noch an uns und vergiss die Götter, die dir den Auftrag gegeben haben. Denk jetzt bitte auch nicht an die Menschen, denen du ihren Glauben austreiben sollst. Wenigstens bis morgen früh. Denn jetzt zählen erst einmal nur wir beide."

„Selbst, wenn sie nur ein Traum sein sollte", dachte er, „werde ich eine wunderbare Nacht mit ihr verbringen und vielleicht in irgendeinem beschissenen Leben wieder erwachen, aber glücklich."

Er fühlte sich so wohlig, matt und schwer, dass es ihn Anstrengung kostete, die Augen zu öffnen, doch er wollte sich vergewissern, wer sich schlafend so angenehm in seinen Arm schmiegte.

In diesen Tagen wusste er ja nie genau, ob er sich nicht vielleicht noch in einem schönen Traum befand. Doch überglücklich erkannte er Michaela, die fast gleichzeitig ihre Augen öffnete und ihn von der Liebe ermattet, anlächelte.

„Guten Morgen Gottfried", sie glitt geschmeidig an ihm hoch, küsste ihn flüchtig auf den Mund und kuschelte sich wieder in seinen Arm.

„Wie fühlst du dich?", fragte sie und schloss die Augen, als wollte sie sich wieder in die vergangene Nacht zurückziehen. Ihr Lächeln ließ erahnen, in welchem Teil der Nacht sie angekommen war.

„Dir sehe ich schon an der Nasenspitze an, dass du dich hier auf Erden noch wohler fühlst, als hoch oben im Himmel, bei all den süßen Engeln".

Gottfried sah eine leichte, aber unschöne Veränderung in ihrem Mienenspiel und beeilte sich, schnell auf ihre Frage zu antworten.

„Ich fühle mich fantastisch. Obwohl ich erst jetzt zu begreifen beginne, dass all das Unglaubliche wirklich passiert ist. Michaela, du bist nicht nur mein wunderbarer Traum, sondern mein leibhaftiger Engel. Leider muss ich mir deinetwegen ernsthaft Sorgen um mein altes Herz machen."

„Dein Herz ist nicht mehr das alte, Gottfried. Ich habe dafür gesorgt, dass du innen und außen wie neu bist. Bereite mir also bitte nicht schon wieder solche Angst."

„Ich will dir keine Angst machen, mein Engel".

Gottfried fühlte sich unter Druck gesetzt; es ist eben nicht immer leicht, mit einem Engel Späße zu treiben.

„Lass es mich dir erklären", setzte er an und kam sich vor wie ein Schuljunge, „wenn ich dich ansehe, macht es so unglaublich große, verrückte Sprünge, dass ich nicht weiß, wie lange das noch gut gehen wird."

Sie befand sich schon wieder auf dem Weg ins Land der süßen Träume, als sie mit geschlossenen Augen hauchte: „Du bist so lieb."

Doch Gottfried war im Geiste der alte geblieben. Jemand, der sich ständig um etwas sorgte, sich Gedanken machte und regelrecht nach Problemen zu suchen schien.

„Was mag uns da draußen erwarten? Ich weiß eigentlich nicht, wie wir den Plan der Götter in die Tat umsetzen können. Stellen die sich das nur so einfach vor oder hab' ich nicht aufgepasst, als sie uns erklärten wie wir vorgehen sollen?"

Er zog die Stirn in Falten. „Wie können wir das Ganze anpacken? Nach welchem Plan sollen wir genau vorgehen?"

„Mein lieber Gottfried, hast du eigentlich bemerkt, dass ich keine Flügel mehr habe?"

„Natürlich. Es sieht ein wenig ungewohnt aus, aber es fühlt sich großartig an."

Sie küsste ihn liebevoll auf die Wange.

„Dann ist dir hoffentlich auch klar, dass ich kein Engel mehr bin."

Er blickte sie stumm an und nickte zustimmend. „Ja, das habe ich mir schon gedacht."

„Bisher hat es mir hier hervorragend gefallen", sagte sie feierlich, ohne die Augen zu öffnen, „genauer gesagt, hat es mir so gut gefallen, dass ich keinen Grund sehe, um etwas zu ändern."

„Aber wir haben doch von den Göttern den Auftrag bekommen … und den sollten wir dann auch erfüllen, oder etwa nicht?"

„Gottfried, mein Liebster, du hast doch ein Gehirn, also benutze es auch gelegentlich. Wenn wir tatsächlich in der Lage sein sollten, den Auftrag zu erfüllen, gäbe es bald weder Götter noch dieses wunderbare Himmelreich."

Sie sah ihn schweigend an.

„Kannst du mir so weit folgen?"

Gottfried nickte wortlos.

„Ich werde keinesfalls ohne meine Götter gehen."

„Willst du damit sagen, dass du dich den Göttern widersetzen wirst?".

„Mein lieber Gottfried, wir haben doch keine andere Wahl. Sollten wir wirklich ihren Plan umsetzen können, lösen sie sich in Luft auf."

„Das bedeutet aber auch, dass wir schneller, als du denkst, alt und krank werden. Dann werden wir eines Tages sterben, ohne die Möglichkeit, wie jetzt, einen Neuanfang zu bekommen. Wir wären dann, ebenso wie meine Götter, für immer verschwunden. Es gäbe keinen

Gottfried, keine Michaela und keine Liebe mehr. Alles wäre endgültig aus und vorbei!

Wenn wir aber nichts unternehmen und immer schön anständig bleiben, kommen wir eines Tages vielleicht wieder in den Himmel und fangen noch einmal von vorn an".

Gottfried schwieg eine Weile. Dann hatte er endlich begriffen. Er zog sie noch ein wenig enger an sich und sagte würdevoll:

„Ich glaube, du hast recht, Michaela. Sollen die Götter doch zum Teufel gehen".

„Na, na, Gottfried, wenn wir sie zum Teufel schicken, dann geht uns der Vorteil, den wir suchen, um wieder auf die Erde zu kommen, ebenso verloren".

„Das leuchtet mir ein", stimmte er seinem Engel, der es besser wissen musste, zu.

Nun schloss auch er glücklich und zufrieden die Augen, um den Ausklang der Nacht zu genießen.

Nach einer Weile fragte er fast beiläufig: „Sag mal, mein geliebter Engel, wie oft bist du diesen Weg schon gegangen?"